KB170715

정상혁군수의 꿈과 도전이야기

촌놈이 부르는 희망 노래

정상혁 **지음**

Contents

글을 시작하며

도와주신 분들께 감사드리며 · 7

 내가 아는 정상혁 – "정상혁을 말씀드리겠습니다"

1. 친애하는 정상혁 군수님께 / 프랭크 퀸테로 의원 · 10
1. 임이시여! / 이응수 · 12
2. 나의 4.19혁명 동지이자, 만년 청년인 정상혁 군수 / 김현수 · 15
3. 내가 아는 웅암(熊岩) 정상혁 군수 / 최재현 · 18

 나의 열정, 나의 사명 ... 그리고, 더없는 나의 보은 사랑

1. 보은군민 모두 행복해지는 세상을 꿈꾸며 · 22
2. 세계인이 공감한 위안부 소녀상 · 26
3. 독도는 민족 자존심의 전초기지 · 35
4. 매미의 다섯 가지 덕(德) · 39
5. 이름값, 혹은 이미지 마케팅 · 42
6. 앉아서 되는 일은 없다 · 47
7. "매주 월요일 저녁 7시는 여자축구 보는 날" · 52
8. 하늘도 감동하는 보은의 여자축구 사랑 · 55
9. "어랏차! 보은에 장사들이 다 모였네!" · 58
10. 한글의 고향을 아시나요? · 63
11. 신미대사 한글창제설에 관한 여섯 가지 이야기 · 67
12. "죽는 길은 하나지만 사는 길은 여러 개가 있습니다." · 80
13. 느림의 관광, 축제문화의 상품화 · 82
14. 나라를 수호한 영혼들과의 운명적 만남 · 86
15. 보은의 미래 발전, 글로벌 인재양성에 달려 있다. · 103

[1] 미국 선진문화체험을 마치고 / 윤봉수 · 103

[2] 10일간의 미국문화 체험기 / 유진영 · 111

[3] 10명의 학생들과 10일간의 미국문화 체험기 / 지용희 · 118

Part 3 뽕나무집 사람들 – 나의 가족 이야기

1. 정승(政丞) 뽕나무 · 136

2. 어머니의 이름은 그리움이다 · 139

3. 빨간 장갑 한 짝에 담긴 모정의 그리움 · 141

4. 만삭의 어머니와 함께 걷던 피난길 · 143

5. 방앗간 집 국수 한 그릇에 담긴 모정(母情) · 144

6. 밥 짓는 풍경 속에 담긴 어머니의 미소 · 146

7. 아버지라는 이름의 큰 나무 · 147

8. 싹은 희망이다 · 148

9. 아비의 사랑으로 둠벙에서 다시 태어난 아들 · 150

10. 사별을 예감한 아버지와의 텔레파시 · 153

Part 4 가난이 희망이 되기까지 – 나의 학창시절 이야기

1. 믿음과 존중으로 영글은 참교육 열매 · 156

2. 10년 공부값 1,432,700원 · 160

3. 가난이 친구였던 어느 중학생의 희망일기 · 163

　　[1] 따뜻한 겨울나기를 위한 – 제재소 생나무 껍질 벗기기 · 163

　　[2] 돈 벌기 쉬운 게 아니다 – 무심천 자갈, 트럭에 싣기 · 165

　　[3] 정직은 유혹을 이기는 힘 – 영운동 복숭아 과수원길에서의 갈등 · 167

　　[4] 나의 겨우살이 양식 – 김장 김치보다 더 맛 좋은 배추 겉절이 · 169

Contents

Part 5 아름다운 만남, 귀중한 인연

1. 5달러짜리 지폐에 담긴 교포 할머니와의 추억 · 172
2. 상생의 자원봉사로 모두가 행복한 세상 만들기 · 177
3. 상산부락 농활의 겨울이야기 · 185
4. 동량면 장선리 이종국 선배와의 추억 · 188
5. 산척면 서곡리 조씨와의 해후 · 190
6. 동량면에 불 밝힌 4-H클럽 운동 · 193
7. '뫼비우스의 띠' 같은 인연의 끈 · 195

Part 6 마음의 그릇을 채우는 삶의 지혜

1. 세 가지 벼슬 이야기 · 202
2. 변화와 도전을 꿈꾸는 솔개의 선택 · 205
3. 가슴 뭉클한 어느 졸업식 훈사 · 207
4. 구리의 변신은 무죄 · 210
5. 동량면 어느 협업농장의 흥망사 · 212
6. 옆으로 선 묘비(墓碑) · 214
7. 귀신도 속는 제주도의 이장(移葬) 풍속 · 216

Part 7 詩에 담아 본 소중한 것들

1. 나는 촌놈이다 · 220
2. 그리운 어머니 · 223
3. 능암이 좋아! · 225
4. 나 돌아가리라 · 226
5. 마음의 고향 · 227
6. 백록동(白鹿洞) 참농사꾼 이철희 씨 · 228

7. 자연의 순환 · 230

8. 숲속 음악회, 가 보셨나요? · 231

9. 보은대교 위에 앉은 매미의 꿈 · 234

10. 4·19 학생혁명 47주년을 맞으며 · 235

11. 인생 · 236

12. 속리 연가(戀歌) · 237

13. 대추골 처녀총각 · 238

14. 더하기의 마력 · 239

15. 담쟁이 · 240

16. 속리산 단풍가요제 · 241

17. 법주사 / 선묵 혜자 · 243

Part 8 나의 정신적 뿌리, 나의 좌우명

1. 가훈(家訓) · 248

2. 나의 교훈 명언 · 250

3. 오늘을 사는 10대 고승들의 말씀 · 251

4. 노후를 즐겁게 보내는 33가지 방법 · 255

Part 9 화보

1. 각종 행사 사진 외 · 258

2. 국내외 자매결연 및 우호협력 체결현황 · 264

정상혁 연보

정상혁 군수 경력 · 280

도와주신 분들께 감사드리며

■ 저에게 태산 같은 은덕(恩德)을 베풀어 주신 모든 분들께 진심으로 감사드립니다. 오래오래 가슴에 담고 보답하는 삶을 살아가겠습니다.

- 철없던 어린 시절, 초·중·고·대학생 시절, 군복무시절
- 중원군(현 충주시) 농촌지도소 산척지소, 중원군청, 충청북도 농촌진흥원, 농촌진흥청, 환경청, 미국연수 : 공직 20년
- 천세산업(주), 천수산업(주), 보광산업(주) : 기업임원, 대표이사 17년
- 충북도립대학교, 영동대학교 : 강사 3년
- 충청북도의회 제7대의원 4년, 보은군수 4년

긴 세월 동안 여러분들께 크나큰 은혜를 입었습니다.

■ 제가

- 잘 모를 때 가르쳐 주시고
- 흔들릴 때 붙잡아 주시고
- 절망할 때 희망을 주시고
- 슬플 때 위로해 주시고
- 잘못할 때 바로잡아 주시고
- 지쳐있을 때 힘을 주시고
- 실패했을 때 용기를 주시고
- 기쁠 때 함께해 주시고

- 부족할 때 채워 주시고
- 막혔을 때 통하게 하시고
- 넘칠 때 자제를 주시고
- 오도 가도 못할 때 지혜를 주셔서

대단히 감사합니다.

■ 특히, 민선5기 2010년부터 4년간 우리 보은군이 희망의 고장으로 변화, 발전 할 수 있도록 성원해 주셔서 감사합니다.

■ 제가 철모르고 살아온 흔적을 그저 글 쓰는 것이 좋아서 한 자 두 자 적어본 생활잡기(生活雜記)를 부끄러움 무릅쓰고 책으로 펴냈습니다.

■ 부족함 투성이인 삶의 넋두리라 이해하시고 넓으신 아량으로 읽어 주시면 영광이겠습니다.

2014. 3. 1

보은에서 정 상 혁

내가 아는 정상혁

"정상혁을 말씀드리겠습니다"

1 친애하는 정상혁 군수님께

제가 정상혁군수님을 친구라고 부르는 것은 대단한 기쁨이고 자랑입니다. 군수님과의 우정은 저에게는 영감을 불어 넣는 것이고 우리가 공유했던 것에 대하여 상호신뢰를 바탕으로 군수님도 똑같다고 생각합니다.

정군수님은 상식을 기반으로 틀을 세우는 예지력이 있는 분이며, 혁신적이고 인상적인 생각을 이끌어 내는 명석한 두뇌를 가지고 있습니다. 그의 열심히 일하는 것은 보은군과 주민을 생각하는 뜨거운 사랑으로 입증이 되었습니다.

저는 깊은 존경심에서 정군수님이 선한 의도와 올바른 정치철학으로 일하고 계시다는 것을 말할 수 있습니다. 이 말에 대한 증거는 그가 글렌데일시의 위안부 소녀상 기념비를 세울 때 도와주신 헌신과 시간이 입증을 해줍니다. 저는 소녀상을 세우는 과정에서 도구가 되어 주실 것을 요청했습니다.

저는 군수님께 우호협력 협약을 맺을 것을 요청했고 청소년 교류 프로그램을 실시하자고 말했습니다. 청소년 교환 프로그램은 학생들에게 축복이 되고 보상을 받는 여정에 측면에서 고무적인 혜택이 되었습니다. 이것은 학생들이 장기적인 교육과 개인적 측면에서 그들의 삶을 윤택하게 할 것입니다.

저는 진심으로 정군수님과 미래에도 같이 일하고 계속적으로 우리의 우정을 쌓아 가길 학수고대하고 있습니다.

당신의 벗

미국 LA글렌데일시 전 시장

프랭크 퀸테로 의원

Frank Quintero

1 임이시여!

대한노인회보은군지회장 이응수

웅암(熊岩)이시여!
문학성을 흠뻑 느낄 수 있는
감성어린 시와 수필집의 출판기념회를
진심으로 축하드리며….

임이시여!
나는 그대가
뛰어난 목민관인가 했더니
문학계를 폭넓게 창조하는
선구자라는 것도 알았습니다.

임이시여!
나는 그대의
또 다른 정신세계를
새롭게 발견했습니다.
고향과 자연을 사랑하고
찬미할 줄 알고
인간의 존엄성을 되살리며

경노효친을 실천궁행하는

기본바탕이

문학 속에 있다는 사실을….

임이시여!

그대는 올곧은 시인의 정신

풍성하고 정연한 감미로운 표현이

읽고 듣는 이의 심금을

울리고 사로잡는 기교가

예사롭지 않다고

자신 있게 평하고 싶습니다.

임께서 고향에 대한 애정 어린 "報恩"의 의미를 잘 표현한 시를 감명 깊이 읽었기에 여기에 다시 한 번 적어 봅니다.

산다는 거

신세 짓는 거야

은혜 받는 거지

받은 것 되갚는 게 報恩이라구

티끌만한 은혜도 태산같이 아는 거

그게 사람 도리라구

베푸는 게 곧 받는 거란 걸 알아야해

마음이 어질어야 베풀 수 있어

잘난 체 하지 말고 겸손해야지
잘 안 되면 안 되는 대로
누굴 원망하지 말라구

잘되면 잘되는 대로
고개 숙여 감사해야 돼

임께서 앞으로 우리 지방 문화창달에 힘차게 정진하시기를 기대하면서….

보은대교 2013. 10. 17개통

2 나의 4.19혁명 동지이자, 만년 청년인 정상혁 군수

제10대, 제12대 국회의원 · 민선초대 청주시장
충북 4.19혁명 기념사업회 회장 김현수

강력한 추진력과 도전정신으로 보은군 발전을 주도해 가고 있는 정상혁 군수는 전국 자치단체장의 귀감이 되고 있다.

사람이 세상을 살다보면 많은 사람을 만나고 또 인연을 맺게 된다. 지연, 혈연, 학연이 있지만 뜻을 같이하여 만나는 동지는 가장 귀중한 만남이요, 인연이다.

1960년 12년을 집권한 자유당 이승만 정권은 3월 15일 정부통령 선거에서 전대미문의 부정, 불법, 폭력선거를 자행하였다. 이를 규탄하는 시위가 서울 등 전국 각지에서 대학생, 고등학생들이 궐기할 때 나는 청주대학교 4학년 학생회 간부로 시위를 주도했고, 정 군수는 충북대학교 1학년 학생으로 시위에 참여, 4.19혁명 동지가 되었다.

그 후 53년간 내가 국회의원, 청주시장을 역임할 때, 정 군수는 면단위 농촌지도소 지소에서 공무원을 시작하여 군, 도를 거쳐 농촌진흥청, 환경청, 미국 연수까지 다녀와 다시 기업임원, 회사 대표이사, 충청북도의회 의원, 대학 강사를 하면서 나의 동지요, 동반자로 또 조언자로 끈끈한 관계를 이어왔다.

특히, 2007년 충북 4.19혁명기념사업회를 결성하면서 나와 정 군수는 회장, 부회장으로, 또 기념탑추진위원회 회장, 부회장으로, 청주상당공원에 제막된 기념탑에 추진위원 100인과 함께 이름이 새겨져 있다. 이 뿐 아니라 충북 4.19 민주장학회를 설립한 이래 회장, 부회장으로 매년 고교생들에게 장학금을 지급하고 있다.

정 군수는 충북도의원 시절 "최고의 도의원상"을 받는 등 모범적인 의정활동으로 보은군 토지거래허가구역 해제, 옥천에 통합되었던 농관원 보은지사 분리·독립, 농어촌공사 보은지사 옥천통합 저지, 댐 주변 지역 규제에 따른 지원, 도계지역 지원, 회남 조곡−분저간 도로확포장, 도내 최초 전액 도비로 보은119안전센터 건립지원으로 소방서 승격 기반을 마련하였다.

2010년 보은군수에 취임한 후에도 주말, 휴일도 쉬지 않고 군내 사업 현장 확인방문, 예산확보를 위해 중앙 각 부처 방문, 우량기업 유치에 열정을 쏟아왔다.

특히, 전국 지자체가 산업단지 미분양으로 곤경에 있는데 보은 동부 산단 70ha에 3천억원을 투자하는 (주)우진플라임 유치는 충북 역사상 유례가 없는 일이고, 스포츠 불모지이었던 보은군을 전국 제1의 스포츠메카로 만든 것, 보은대추축제가 전국 최고의 농산물 축제가 된 것, 전국 최초로 국유림 94.5ha, 도유림 83.5ha를 군 유림과 교환하여 예산 200억원을 확보 바이오밸리를 조성하는 것, 묻혀 있던 삼년산성 주변 고분군지표조사와 발굴로 도문화재로 지정 역사테마공원 조성 추진, 장모가 별세했는데도 부의금 1원 받지 않는 시범을 보여 보은군이 전국 지자체 중 청렴도 1위의 영광을 차지한 것 등 최근 보은군이 괄목할 발전을 거듭하는 모습을 보면서 보은군민들은 행복하다는 생각을 하게 되었다.

정 군수의 솔직하고 착한 심성과 따뜻한 인간미, 그리고 남다른 애향심과 투철한 애국심은 우리가 본받을 만하다. 매년 4월, 11월에 수유리 국립묘지 185명의 4.19 혁명 동지들을 찾아 제사를 지내는 정 군수가 존경스럽다.

젊은이 못지않은 패기와 용기, 두둑한 뱃심, 뛰어난 추진력은 누구도 흉내 낼 수 없는 그만의 특장이다. 정 군수의 강인한 의지와 뚝심으로 보은군 발전이 크게 앞당겨질 것을 기대한다.

내가 아는 웅암(熊岩) 정상혁 군수

민주평통 로스앤젤레스협의회 회장 최재현

군수님을 처음 만난 때는 3년 전 LA TV 인터뷰에서 2013년 1월 1일 제124회 ROSE퍼레이드에 참석한다고 발표하는 자리였습니다.

세계적으로 유명한 로즈퍼레이드는 매년 1월 1일 오전 8시부터 4시간 동안 패사디나(pasadena)시 중심가 8km를 행진하는 거리 축제로 여기 참가는 하늘의 별따기보다 더 어렵다고 알려져 있습니다.

이 행진은 세계 25억 인구가 TV생중계 방송을 보고, LA시민 120만 명이 현장에서 지켜보는데 도로변 설치된 좌석요금은 최고 100불, 최저 45불로 5일 전에 매진되고 길거리는 이틀 전에 사람들로 메워집니다.

엄격한 심사를 거쳐 선발된 세계 94개 팀이 참가하는 이 퍼레이드에 한국계 교민역사상 최초로 이들 자녀 중·고생 PAVA회원들이 출연하는데 선두에 태극기 기수로 정상혁 군수가 선정되었습니다.

LA에 있는 여러 개의 교민단체 대표, 유명인사, 한국의 공직자, 기업가를 제치고 한국의 시골 보은군수가 뽑힌 것은 누구도 예상할 수 없는 일이었습니다. 정 군수는 불과 몇 년 만에 LA교민사회에서 유명인사가 되었습니다.

취임 후 LA에 와서 글렌데일시와 G.C.C대학, 로즈먼트 중학교와 우호협약을 맺었고, 매년 보은군 중학생 10명을 미국에 연수를 보냈으며, PAVA(한인 환경단체) 학생들과 거리, 공원 청소를 하는 등 봉사활동을 하였습니다. 정 군수는 도착하는 날부터 귀국할 때까지 한인회, 충청향우회, 민주평통, 한인상공인회, 난치병 무료치료병원, 홈쇼핑, 한인 대형매장, 올림픽 경찰서, 중앙일보, 한국일보, TV, 라디오방송국, LA법주사, 모국방문 여행사, 한인교회, 보은출신 인사 방문 등 쉬지 않고 뛰어다니며 보은군에 도움이 될 일을 찾는 모습은 아주 인상적이었습니다. 특히 LA에 오는 한국의 유명 인사들이 골프 치고 술판 벌이는 것이 보통인데 정 군수는 단 한 번도 이런 일이 없었습니다.

LA시의회 의장으로부터 방문 환영증을 받았고, 오바마 대통령의 자원봉사자 표창도 받았습니다. 이런 활동이 로즈퍼레이드 파바팀의 태극기 기수가 된 것으로 알고 있습니다. 로즈퍼레이드 당일 파바팀의 선두에 태극기 아래 '충청북도 보은군' 리본을 달고 보무당당하게 행진하는 정 군수의 모습을 본 교민들은 그의 투철한 애국심과 뜨거운 애향심, 지칠 줄 모르는 정열에 감탄할 수밖에 없었습니다.

또한 정 군수가 LA교민들의 숙원사업이었던 위안부 소녀상 건립이 부지문제로 수년간 지지부진할 때 2013년 1월 16일 우호협력 도시인 글렌데일시 퀸테로 시장을 설득하여 2013년 7월 30일 글렌데일시 중앙 도서관 앞 공원에 위안부 소녀상을 제막하게 한 업적은 대단한 것으로 LA교민 역사에 길이 남을 것입니다.

2014년 1월 14일 단 이틀을 머물면서 LA민주평통과 우호협약을 맺고 보은군 중학생들 홈스테이를 해결하였으며, 교민들의 모국방문여행을 전문으로 하는 아주투어와 우호협약을 맺고 2014년 5월초부터 시작되는 7천 명의 여행일정에 보은 속리산이 포함되도록 한 것도 한국 어느 시장, 군수도 생각 못한 것이었습니다.

청년 못지않은 열정으로 최선을 다하는 국제 감각이 뛰어난 마당발 정 군수는 한국과 LA교민을 연결하는 훌륭한 외교관이기도 합니다.

정 군수님, 브라보!

Part **나의 열정, 나의 사명**

... 그리고, 더없는 나의 보은 사랑

1 보은군민 모두 행복해지는 세상을 꿈꾸며

– 스포츠 · 문화예술의 행복론

군정의 최고 목표는 군민들을 행복하게 하는 것이다. 군민들이 행복하다는 것은 군민들의 삶이 즐겁고 근심 걱정이 없다는 것이기도 하다. 그러나 그 즐거움은 개인적인 것으로만 머물러서는 안 된다. 여러 사람이 함께 어울려 사는 공동체 속에서 개개인만의 즐거움은 자칫 서로 충돌하여 타인의 권리를 침해할 수도 있기 때문이다.

그래서 생각해 보았다. 우리 군민 모두가 즐거울 수 있는 것이 무엇일까? 군민들의 마음이 하나가 되는, 화합의 기쁨을 함께 나눌 수 있는 게 무엇일까? 그리고 그것을 통해 삶의 질이 향상되는 것은 또 없을까?

그때 문득 떠오른 것이 '스포츠'와 '문화예술'이었다. 스포츠는 열정과 화합, 문화예술은 정서와 공감을 함께 공유할 수 있는 분야이기에 우리 군민들 모두가 행복해질 수 있는 그런 아이템이라는 생각이 들었다.

그동안 우리 보은은 내륙지방 한가운데에 묻혀 있어, 침체되거나 외부 문화로부터 단절된 게 사실이다. 민선 5기 군수가 되고 보니 제일 먼저 이 부분이 안타까웠다.

천년고찰 법주사와 한반도 중심부에 우뚝 솟은 속리산 국립공원을 가슴에 품고 있는 유서 깊은 고장임에도 불구하고, 군민들의 사기가 아주 낮게 가라앉아 있다는 점은 반드시 극복해야 할 과제였다.

전국 230여 개 지자체 중에서 재정규모가 최하위권에 속하는 낙후지역이란 부끄러운 오명뿐 아니라, 군민들 자체도 소극적이며 현재의 상태에서 무감각해진 매너리즘에 빠져있었다. 지역이 발전하려면 무엇보다 군민들이 자신감을 갖게 하는 것이 급선무라는 생각을 하게 되었다.

그래서 먼저 도입한 것이 스포츠다. 스포츠의 각종 경기를 관전하면서 함께 박수치고 환호하다 보면, 닫힌 마음도 열리고 또 그로인해 군민들이 자부심을 갖게 되리라는 긍정적인 생각이 들었다.

이는 적중했다. 2011년부터 매년 3월~10월 말까지 열리는 여자축구 실업리그(WK리그)는 보은 군민들로부터 제일 사랑받는 스포츠 종목이 되었다. 처음 개막경기는 군청에서 적극 나서 관중을 동원했지만, 그 다음 경기부터는 아기자기한 여자축구를 즐기기 위해 군민들 스스로 찾아오게 되어 평균 2,500여 명의 관객이 경기를 함께 즐겼다. 이에 군청에서는 '매주 월요일은 여자축구 보는 날'이라는 캐치프레이즈를 정해 시가지 복판에 설치된 전광판이나 행정기관 전화 컬러링을 통해 경기일정 등을 적극 홍보했다. 또 입장객을 추첨해 푸짐한 경품을 주고, 농어촌버스(시내버스)를 경기장 주변까지 경유시키는 등 관중에게 교통편의를 제공했다.

그러자 드디어 보은이 변화하기 시작했다. 주민들에게 공통의 화제가 생겨 서로 친밀해졌고, 또 같은 편이 되어 함께 박수치며 응원하다 보니 군민들의 삶이 즐겁고 명랑해졌다. 이런 활기는 곧 군민들의 화합으로 이어지고 보은군의 발전에 적극 동참하고자 하는 공감대를 형성하게 되었다.

이후 보은장사씨름대회, 전국초·중·고육상대회, 전국 풋살 리그 등 28개의 전국대회와 육상 축구 등 230개 팀의 전지훈련단을 유치하는데 성공하여 불과 3년만에 '스포츠의 메카'라는 명성을 얻게 되었다. 군민들이 즐거울 수 있는 것을 찾다가 지역경제를 활성화시킬 수 있는 방안도 함께 발견했으니, 그야말로 일석이조의 행운이 아닐 수 없다.

스포츠가 군민들에게 동적인 즐거움을 안겨줬다면 문화예술은 정적인 즐거움을 군민들에게 선물해 줄 수 있는 분야다. 문화예술 활동을 통해 정서적 안정과 삶의 질을 향상시킬 수 있다면 이는 한 차원 높은 즐거움이 되리라는 생각이 들었다. 그래서 각종 문화예술 행사에 투자하기로 했다.

우선 기존에 자생적으로 조직, 운영되어온 문학회, 시낭송회, 사물놀이, 고전무용, 국악, 난타, 합창단, 밴드 등 12개 단체에 연간 1억3천만 원의 예산을 적극 지원하기로 했다. 유능한 강사도 초빙하고 단복과 연습장소도 마련해 주었다. 또 군이나 읍, 면 행사, 스포츠 행사 등에 공연기회를 많이 주게 했다.

아울러 외부 인사들을 초빙하는 강연회, 산사음악회, 발레단 공연, 연극, 숲속음악회, 피아노 독주회 등을 매월 평균 2회 정도 개최하여, 군민들이 대도시에서나 관람할 수 있는 문화예술 행사에 참관할 수 있는 기회를 대폭 늘였다. 이는 군민들 개개인 모두가 정서적 안정과 삶의 질에 대한 자부심이 생겨 보은을 더욱 사랑할 수 있도록 하기 위함이었다.

'삼중고(三重苦)의 성녀'라고 불리는 미국의 맹농아(盲聾啞) 저술가이자 사회사업가인 헬렌 켈러는, '행복의 한쪽 문이 닫히면 다른쪽 문이 열린다. 그러나 흔히 우리는 닫힌 문을 오랫동안 보기 때문에 우리를 위해 열려 있는 문을 보지 못한다.'라는 유명한 말을 남겼다.

이제 전국 지자체 중에서 재정규모가 최하위권이라는 부끄러운 오명의 과거는 잊어도 된다. 우리 보은은 지금 새롭게 열린 희망의 문을 향해 힘차게 달리고 있는 중이다.

세계적인 사이버 증권사인 '찰스 슈왑'의 부사장인 베스 사위는 '목표한 일을 이루는 것은 성공이지만, 그 일을 하는 과정을 즐기는 것은 행복이다'라고 말했다. 나는 지금 행복하다. 내가 태어나고 자란 보은군의 군민들을 위해 이렇게 '미래의 보은'을 설계할 수 있어서 행복하고, 또 그들과 함께 여자축구 경기와 숲속음악회 공연을 감상하며 공감할 수 있어 행복하다.

2 세계인이 공감한 위안부 소녀상

– 미국 글렌데일시 위안부 소녀상을 제막하고

2013년 7월 30일 오전 11시경, 나는 미국 로스앤젤레스 글렌데일시 중앙도서관 앞 공원에서 열린 위안부 소녀상(일명, 평화의 소녀상) 제막식에 참석했다. 현장에는 세계적인 관심을 반영하기라도 하듯 세계 여러 나라 기자들이 열띤 취재 경쟁을 벌이고 있었다. 행사장에 모인 600여 명의 참관인 중에는 우리 교포들이 많았는데, 그들의 표정은 다른 참관인과 달리 숙연했다.

이날 건립된 위안부 소녀상은 서울 종로 일본대사관 근처에 있는 위안부 소녀상과 똑같은 크기다. 135㎝ 높이의 한복 입은 앳된 소녀가 나무의자에 앉아 두 주먹을 꼬옥 쥔 채 일본 대사관을 응시하고 있는 그 모습 그대로이다.

소녀상 바로 옆에는 빈 의자가 하나 놓여 있는데, 이는 이미 세상을 떠난 위안부들의 영혼 쉼터이며, 아울러 일제의 만행에 항의하며 응원하는 사람들의 자리이기도 하다.

미국 땅에 이 위안부 소녀상을 세운다는 것은 대단히 어려운 일이었다. 일본은 '정부차원에서 위안부 동원은 없었다. 일본 정부와 관계없는 일'이라고 계속 주장해 오고 있고, 미국에 거주하는 일본인들은 '일본에 대한 증오를 부추기는 일'이라며 위안부 소녀상 건립을 극렬 반대했다.

미국에는 한국 교포들보다 더 많은 일본 사람들이 살고 있고, 이들은 각 분야에서 막강한 영향력을 행사하고 있었다. 그런 열악한 상황에서도 위안부 소녀상을 꼭 세우겠다고 먼저 나선 사람들은, 로스엔젤레스에 살고 있는 한인 교포 단체인 '한미 포럼'이었다.

회원들이 건립비를 모으며 위안부 소녀상 건립 후보지로 일찌감치 정한 곳은 글렌데일시 중앙도서관 앞 잔디공원이었다. 그런데 이곳에 세우기 위해서는 시장과 시의회의 승인을 받아야 하는데 수년간 노력하였지만 이루지 못하였다. 그것은 글렌데일시에 살고 있는 한인교포 수보다 더 많은 일본인들이 줄기차게 반대하였기 때문이었다.

2013년 1월 15일 오전 9시. 나는 이런 사정도 모른 채 미국연수를 위해, 보은군내 중학생 10명을 데리고 보은군 자매학교인 로즈먼트 중학교에 도착했다. 낯선 땅 미국에 대한 궁금함이 많은 학생들은 현지 미국인 선생님들과 인사를 나눈 후, 미국 학생들의 생활을 견학하기 위해 교실로 들어갔다. 그때 글렌데일시 도시개발위원장을 맡고 있는 한인

교포 이창엽 씨가 나를 찾아왔다. 이 위원장은 나에게 글렌데일시 시장을 만날 계획이 있는지 물었다.

나는 당연히 자매도시 시장을 만나야 하지 않겠느냐고 반문했다. 그러자 이창엽 씨가 반기는 얼굴로, 퀸테로 시장을 만나면 꼭 위안부 소녀상 건립 부지 문제를 부탁해 달라고 간곡히 요청했다. 나는 현지 한인교포들도 못해 낸 일을 내가 성사시킬 수 있겠느냐며, 여하튼 기회가 되면 이야기는 해보겠다고 대답했다.

다음날 오전 11시경, 나는 이창엽 씨와 함께 퀸테로 시장을 만나 40분간 면담하였다. 나는 작정이나 한 듯, 최근 일본 정부의 태도와 내가 직접 목격한 위안부 누이들의 사연, 그리고 세계 평화와 인권의 중심에 선 나라로서의 미국의 책무에 대해 차분하게 설득해 나가기 시작했다.

"시장님께 한 가지 부탁을 하고자 합니다. 이 부탁을 들어주면 시장님께서는 역사에 길이 남는 시장이 될 것입니다. 이 부탁은 내 개인의 것이 아니고 미국을 비롯한 해외 한인교포들과 국내에 살고 있는 한국인 모두의 간절한 염원입니다.

일본이 제2차 세계대전 당시 한국, 중국, 대만, 필리핀, 인도네시아, 미얀마, 싱가포르 등 점령지의 13세에서 16세까지 나이 어린 소녀들을 위안부로 강제 동원하여 혼합부대로 편성, 일본군의 성노예로 삼은 것은 씻지 못할 역사적 범죄라고 생각합니다.

일본군 위안소가 일본군 조직편제의 말단에 편입됐고, 일본군 위안부들이 '성적노예' 상태에 있었음은 여러 증언들로 밝혀졌습니다. 또 일본이 점령한 동남아 각국에서 위안부로 동원된 소녀들의 숫자가 일본

군인 29:1의 비율로 약 20만 명으로 추산되고 있습니다.

일본군이 전시동원체제 일환으로 위안부 부대를 운영하였다는 증거가 여러 차례 나왔음에도 불구하고, 위안부 동원에 일본 정부나 군부가 관여하지 않았다고 발뺌하고 있습니다.

이제부터 하는 얘기는 내가 직접 겪은 슬픈 기억입니다. 내가 어렸을 때, 고향 마을에 함께 살던 친구의 누나가 16살이었습니다. 그런데 어느 날, 일본 경찰 2명이 와서 돈 많이 벌게 해준다며 강제적으로 데리고 갔습니다. 그후, 그 누나는 광복이 되었어도 돌아오지 못했습니다. 그런데 한국에 6.25전쟁이 일어나고, 대규모의 피난민들이 1.4후퇴를 기점으로 남하하던 어느 날, 20여 명의 피난민들이 우리 마을로 피난왔습니다. 그런데 그 중 한 아주머니가 '이 동네가 아무개의 고향이냐? 부모가 있느냐?'며 수소문하고 다녔습니다. 동네사람들이 내 친구 아버지를 만나게 해주었지요.

친구의 아버지를 만난 아주머니는 아주 애통한 표정으로, 친구의 누나가 남양군도에서 일본군 위안부로 고생하다가 병에 걸려 죽었다는 슬픈 소식을 전했습니다. 그후 친구의 아버지는 정신이상자가 되어 세상을 떠났습니다.

지금 내가 군수로 있는 보은군 속리산면에는 위안부 출신으로 83세의 이씨 할머니가 생존해 있습니다. 그 할머니는 '일본이 사과하기 전에는 억울해서 죽을 수 없다'면서 애통한 나날을 보내고 있습니다.

미국은 현재 세계 자유진영을 이끌고 있으며 자유와 평화, 인권존중을 그 이념으로 표방하고 있는 나라가 아닙니까. 그런데 지난날 일본이 저지른 비평화적 비인권적 잘못을 눈감고 넘어간다면 그 책임을 회피

하는 것이 아닙니까? 퀸 테로 시장께서 용기 있는 결단을 내려 주시기 바랍니다."

나는 퀸테로 시장의 손을 잡고 한국인으로 가슴 속 깊이 맺힌 통한의 눈물을 흘리며 간절히 호소했다. 그러자 그 자리에서 퀸테로 시장은 나의 말에 감동을 받았다며, 선뜻 다음과 같이 약속해 주었다.

"지금까지 한국교포들은 위안부 소녀상 건립 부지를 달라고 요구하고 일본인들은 부지를 주어서는 안 된다고 반대하여 쉽게 결정할 수 없었습니다. 그런데 오늘 정 군수의 말을 듣고 큰 감동을 받았습니다. 소녀상 건립 부지를 제공하는데 앞장서겠습니다."

순간 나는, 나도 모르게 기쁨의 눈물을 흘렸다. 그리고 보은군 속리면에서 애통한 나날을 보내고 계신 위안부 출신 이씨 할머니를 떠올렸다.

그런 나의 모습을 보며 퀸테로 시장은 흐뭇한 미소를 지었다. 그리고선 자기도 이민자로서 한국민의 심정을 이해한다며 한국과의 인연을 넌지시 자랑했다.

퀸테로 시장은 스페인 출신의 이민자로서 30살 때 부인과 함께 단돈 500달러를 들고 무작정 미국으로 건너왔다고 한다. 그래서 선박 청소부터 안 해본 일이 없을 정도로 많은 고생을 했고, 미군에 입대하여 월남전에도 참가했단다. 또 한국과의 인연으로 사촌형이 6.25 한국전쟁에 참전한 참전용사임을 자랑스러워했다.

퀸테로 시장은 작년에 내가 군수로 재직하고 있는 보은군에 다녀간 적이 있다. 또 그는 전 시장이었던 로라 프리드만의 협조를 받아 시의원들을 설득하는데 앞장섰고, 그 결과 일본 사람들의 끈질긴 반대에도 불구하고 시의회 승인을 얻어낸 당사자이기도 하다.

2013년 6월 중순쯤, 퀸테로 시장으로부터 편지 한 통이 왔다. 군수님이 원하던 위안부 소녀상 제막식이 오는 7월 30일에 있으니 꼭 참석해 달라는 내용이었다.

나는 2013년 7월 29일 미국으로 건너가, 그날 밤에 열린 소녀상 제막식 전야제 행사에 퀸테로 시장과 함께 참석했다. 그날 행사장에선 위안부 모임 회장을 맡고 있던 김복동 할머니의 한 시간 반 동안 절규에 가까운 증언은, 500여 명의 참석자들에게 뜨거운 감동을 주었다.

이튿날 오전 10시경, 글렌데일 중앙도서관 대강당에 600여 명의 사람들이 모였다. 한국교포는 물론 미국 시민들도 지대한 관심으로 제막식 행사를 지켜보았다.

이 자리에서 퀸테로 시장은 그동안 있었던 소녀상 부지제공 결정 경위를 설명하면서, 자신이 이 일에 앞장서게 된 결정적인 이유 중 하나가 한국에서 온 정상혁 군수 때문이라고 하였다.

"지난 1월 16일, 한국에서 온 보은군 정상혁 군수를 만났습니다. 그 자리에서 나는, 그의 나라가 처했던 슬픈 역사와 어린 시절의 개인적인 체험을 바탕으로 들려준 위안부 소녀들의 고통스런 삶에 대한 이야기를 듣고 큰 감동을 받았습니다. 나에게 감동을 준 정상혁 보은군수가 이 자리에 참석하고 있습니다. 정 군수를 단상으로 모시겠습니다."

퀸테로 시장의 소개로 내가 단상에 오르자, 시장은 인사말을 하라며 마이크가 있는 곳으로 나를 안내했다. 나는 감사인사와 함께 일본 정부의 위안부에 대한 사죄를 촉구했다.

"일본인들의 반대에도 불구하고 이 공원에 위안부 소녀상을 세울 수 있게 해주신 전, 현직 시장님과 시의원 여러분께 감사드립니다. 여러분의 위대한 결정은 세계인들에게 교훈으로 남을 것입니다.

또, 뜻 깊은 행사에 참석해 주신 내, 외 귀빈 여러분! 관심을 가지고 제막식에 동참해 주어 감사합니다. 아직도 일본은 위안부에 대한 사죄를 하지 않고 있습니다. 오늘 이후 지구상 어느 나라 어느 곳에서도 다시는 나이 어린 소녀들을 성노예로 삼는 일이 있어서는 절대로 안 된다는 것을 확인하는 계기가 되기 바랍니다."

실내 제막식 행사를 마치고 소녀상이 있는 현장으로 가는 도중 많은 사람들이 나에게 악수를 청해 왔다. 나는 그들에게 일일이 제막식 행사에 참석해 줘서 고맙다는 말을 전했다.

11시경, 우리 일행은 글렌데일 중앙도서관 앞 공원에 마련된 하얀 천에 덮인 위안부 소녀상 앞에 섰다. 그리고 곧이어 제막식 본행사가 진행되었다.

나는 위안부 피해자 김복동 할머니와 소녀상을 만든 김운성, 김서경 작가 부부, 글렌데일 시정부를 대표한 시의원, 그리고 지역 정계 인사 및 한인 단체 대표 등 주요인사 20여 명과 함께 하나, 둘, 셋 구호에 따라 제막 끈을 당겼다. 일명 '평화의 소녀상'이라 불리는 위안부 소녀상이 미국 땅 최초로, 그리고 해외에서는 처음으로 탄생하는 순간이었다. 위안부의 억울함을 전 세계에 알릴 수 있는 소녀상을 세우게 되어 감개무량했다.

그날 밤 나는 퀸테로 시장으로부터 저녁 초대를 받고 그의 집에 갔다. 한국식 요리를 준비했는데 그 부인의 정성이 지극해서인지 정말 맛있게 먹었다. 시장은 자기 아들이 32세인데 아직 미혼이라며 한국인 며느리도 좋다고 했다. 미국인 퀸테로 시장과의 우정은 이래서 더 깊어졌다.

그날 한인 교민들은 이 소녀상 제막을 시작으로 미국 각지에 연이어 소녀상을 세우게 될 것이라고 생각했다. 그러나 최근 현지 소식은 이 소녀상이 처음이자 마지막이 될는지 모르겠다는 우려의 목소리를 전해 온다. 일본인들이 미국 전역에서 계획적으로 소녀상 건립 반대운동에 나서고 있기 때문이다.

사람들은 아직도 갈 길이 멀고 험하다고 하겠지만 나는 언제인가 미국 전역에 소녀상이 건립되리라 기대한다. 그것은 미국이 정의를 존중하는 나라이기 때문이다.

미국땅 글렌데일 중앙도서관 앞뜰에 세계인의 평화를 염원하며 홀연히 앉아 있는 소녀상 옆 비문엔 이런 글이 쓰여 있다.

〈제2차 세계대전 중 일본제국 군부대에 끌려가 성 노예로 학대당

한 20만 명 이상의 네덜란드, 한국, 중국, 타이완, 필리핀, 인도네시아 (.....) 여성들의 희생을 기리는 평화의 기념비. 2012년 7월 30일 글렌데일이 '위안부의 날(Comfort Women Day)'을 선포하고, 2007년 7월 30일 일본 정부가 이들 범죄에 대한 역사적 책임을 질 것을 주장하는 미국연방의회의 결의안 121호가 가결된 것을 기념한다. 이들 인권을 무시한 모독행위는 결코 다시는 일어나지 않기를 바라는 게 우리의 절실한 희망이다.〉

역사학자로 유명한 토인비는 '인류에게 있어 가장 큰 비극은 지나간 역사에서 아무런 교훈도 얻지 못한다는데 있다.'고 말했다. 또 철학자 조지 산타야나는 '과거를 잊어버리는 자는 그것을 또 다시 반복하게 된다.'고 경고했다.

우리는 70여 년 전 철부지 어린 소녀들이 일본군의 성노예로 끌려가 인간으로서 모든 꿈을 짓밟힌 채 비극적인 생활을 하다 세상을 떠난 슬픈 역사를 잊어서는 안 된다.

다시 한 번 생각해 보자. 내 딸이, 내 누나가, 내 누이동생이 이런 피해의 주인공이라면 치가 떨리고 피가 거꾸로 솟지 않겠는가.

1990년대 초반 정부에 신고한 위안부 할머니는 259명이었다. 그런데 2013년 10월말 현재 57명만이 생존해 계신다. 그동안 202명의 할머니가 세상을 떠나셨다. 그 원혼들이 지금도 일본의 사과를 기다리고 있다는 사실을 우리는 기억해야 한다.

3 독도는 민족 자존심의 전초기지

– 독도를 처음 밟은 날의 日記

'울릉도 동남쪽 뱃길 따라 이백 리(실제거리 87.4km) 외로운 섬 하나 새들의 고향 ~'

이 노래는 정광태 씨가 불러 이미 국민가요가 된 '독도는 우리 땅'이라는 노래의 첫 소절이다.

내 생애 뜻 깊은 행운의 날인 2013년 4월 18일. 나는 그 노래의 가사처럼 울릉도에서 출발하여, 뱃길 따라 이백 리를 달려가 드디어 독도에 도착했다. 바다신의 허락 없이는 절대 방문할 수 없는 섬, 독도. 약간의 파도만 있어도 접안이 안 되기에 1년에 49일 정도만 독도에 들어갈 수 있다는 그 국토의 동쪽 끝을, 나는 울릉도에 세 번째 와서야 드디어 밟

아보았다. 어찌 가슴 뭉클하지 않을 수 있겠는가.

그날 아침 6시 벅찬 설렘으로 보은을 출발한 우리 '보은군 평통자문위원' 일행은, 포항에서 배를 타고 울릉도 도동항에 도착했다. 그리고 다시 저동항으로 이동하여 배를 갈아타고 2시간 정도 항해하여, 드디어 독도에 안착했다. 시간을 보니, 오후 5시 45분이었다.

우리 일행은 태극기를 흔들며 기뻐했고, 함께 기념사진도 찍었다. 그런데 잠시 후, 주체할 수 없는 감정이 의문이 되어 밀려 왔다. 왜 우리나라 땅인 독도를 밟고 있는 내 가슴이 이리도 벅차오르는 것일까? 왜 갑자기 가슴이 먹먹해지는 걸까? 국토의 최동단에서 홀로 자리를 지키고 있는 우리의 땅 독도가 자랑스러우면서도, 또 한편으로 왜 이리도 미안해지는 걸까?

당연히 우리 땅이라 생각해서 소홀히 했던 것에 대한 미안함, 국토의 끝자락을 홀로 묵묵히 지켜준 것에 대한 고마움, 그리고 독도가 자기네 땅이라고 우기는 일본의 그 뻔뻔함에 대한 분노가 일시에 복합적인 감정이 되어 밀려온 것이다.

나는 복받치는 감정을 억누르지 못한 채 독도의 경이로운 풍광들을 둘러봤다. 동해바다 저 멀리 홀로 섬으로 장엄하게 솟아 있는 의연한 자태의 동도와 서도, 탕건봉과 삼형제 굴바위, 코끼리바위, 장군바위, 대한봉, 경비경찰과 갈매기 떼 등 독도를 떠올릴 수 있는 멋진 풍경들이 눈에 들어왔다.

독도(獨島)라는 그 이름처럼 홀로 외롭게 떠 있는 섬, 독도. 그 섬의 이름은 다음과 같은 유래에 의해 만들어졌다고 한다.

1900년 대한제국 고종 황제가 대한제국칙령 제41호를 반포하면서 울릉도를 울도군이라 칭하고 그 관할구역을 울릉전도(鬱陵全島)와 죽도(竹島), 석도(石島)로 명시하였다. 이 가운데 석도가 지금의 독도인데, 석도가 독도로 불리게 된 사연은 초기 이주민이었던 전라도 사람들이 '돌(石)'을 '독'이라 부르는데서 연유했다고 한다. 그들은 돌섬이었던 독도를 '독섬'이라 칭했는데 이를 한자로 표기하면서 '독도(獨島)'가 되었다는 것이다.

독도가 지도상에 표기된 역사적 기록은 1530년(조선 중종 25) 완성된 "신증 동국여지승람"의 부도인 동람도에 수록된 '팔도총도'가 처음이다. 이후 1592년 임진왜란 당시 도요토미의 명령으로 구끼 등이 제작한 지도의 팔도총도와 강원도 별도에 우산도(독도)와 울릉도가 우리의 영토로 그려져 있는 것이 확인됐다. 또, 1785년 일본의 지도 제작가인 '하야시'가 그린 지도에도 조선해(동해) 가운데 2개의 섬인 울릉도와 독도가 조선과 같은 색으로 그려져 있었다.

이렇듯 독도는 오래 전부터 우리나라의 영토로 인식되어 왔다. 그런데 올해 1월말에 야스쿠니 신사를 참배해서 세계인의 지탄을 받은 아베 신조 일본 총리가 또 다시 국제사법재판소에 일본 혼자서 독도 문제를 제소하겠다는 뜻을 밝혀 우리국민들의 분노를 사고 있다. 우리나라 동의 없는 단독제소가 불가능하다는 것을 알면서도 일단 쟁점화해서 국제적 선전 효과를 보려는 속셈인 것이다.

1905년 일본 의회에서 독도를 시마네 현에 편입하겠다고 일방적으로 고지한 이래 일본 정부는 '독도는 일본 영토이며 한국이 불법 점거 중'이라는 입장을 고수하고 있다. 또한 지난 2005년에는 시마네 현이 '다케시마의 날'을 제정하면서 일본 방위백서에 독도의 영유권을 주장하기도 했다. 이처럼 일본이 독도에 열을 올리는 이유는 독도 주변 해역이 한류, 난류가 만나 다양한 어족이 서식하는 천혜의 어장이며, 독도 주변에 미래 에너지원으로 꼽히는 '가스 하이드레이트'가 상당량 매장된 것으로 알려져 있기 때문이다. 또한 러시아, 중국, 한국 중심의 군사적 요충지라는 사실도 한몫 한다. 이밖에 일본의 일부 정치인들이 극우파들을 부추겨 자신들의 정치적 입지를 강화하려는 의도적인 발언이며, 동시에 대중의 관심을 나라 밖으로 돌리려는 정치적 꼼수라는 시각도 많다.

미국의 중요 언론인 워싱턴 포스트는 기자의 독도 방문기를 통해, '한국에서 독도는 민족 자존심의 전초기지'라고 말했다. 일본 정부는 세계인의 시각에 귀 기울여서 더 이상 침략적 야욕과 망언으로 한국인의 자존심을 건들지 말아야 한다.

'되로 주고 말로 받는다'는 한국의 속담이 있다. 일본이 지금처럼 독도에 대한 영토야욕을 버리지 않는다면, 제2차 세계대전에서의 패망과 같은 고통스런 교훈을 되새겨야 할 상황이 도래할 수 있음을 명심해야 할 것이다.

4 매미의 다섯 가지 덕(德)

– 청렴도 전국 1위와 보은대교 매미 날개의 의미

우리나라 민속에서는 매미를 죽이면 하늘의 벌로써 가뭄이 든다고 하였다. 그도 그럴 것이 매미는 땅 속에서 유충의 상태로 보통 4~7년, 종류에 따라서 12년을 지낸 후에 번데기로 되었다가 껍질을 벗고 성충이 된다. 그리고 여름 한철 매미의 모습으로 활기차게 살다가 생을 마감한다.

2013년 10월 17일. 우리 보은에서도 매미의 우화(羽化) 같은 기쁜 일이 생겼다. 군민들의 오랜 숙원사업이었던 보은대교가 드디어 개통된 것이다. 보은읍을 동서로 연결하는 길이 110m의 이 다리는, 보은군에서 제일 길고 아름다운 다리이다. 또 국내에서 처음으로 다리에 경관 조형물과 조명을 설치하여 낮에도 아름다울 뿐 아니라 밤에는 천연색 동영상이 뜨게 되어 보은의 새로운 명물 볼거리가 되었다.

보은대교 위에는 매미의 두 날개가 만들어져 있는데, 이는 보은의 비약적인 발전의 꿈을 품고 보청천을 건너 삼년산성으로 비상하는 형상이다. 그런데 여기서 주목해야 할 것은 다리 위에 조형된 매미의 두 날개이다.

매미는 신화학적으로 모양을 바꾸어 태어나는 특성이 있어 생성과 소멸을 반복하는 달의 작용과 동일시되었으며, 이로 인해 불사와 재생을 상징하는 곤충으로 여겨 왔다. 그래서 주자학에서는 태음원리, 도교

(道敎)에서는 육체를 바꾸
어 태어나는 갱생의 의미,
불교에서는 허물을 벗고
비상한다 하여 해탈의 상
징으로 여겨 왔다.

　또한 매미는 다섯 가지
덕이 있다 하여 유교 전통
에서 숭앙받아 온 곤충이다. 그런 이유에서인지 조선시대의 임금들은
매미 날개를 머리에 썼다. 궁금하면 지금 지갑에서 만원짜리를 꺼내 세
종대왕이 쓰고 있는 모자를 확인해 보라. 거기에 뿔같이 두 개 돋아난
것이 바로 매미의 날개이다.

　임금이 정무를 볼 때 쓰는 모자를 '익선관(翼蟬冠)'이라고 하는데, 날개
익(翼)에 매미 선(蟬)자를 쓴다. 임금의 모자에 매미 날개를 단 것은 나라
를 다스릴 때 매미의 오덕(五德)을 늘 염두에 두라는 뜻을 담고 있다.

　이러한 매미의 다섯 가지 덕은 중국 진나라 때 시인인 육운(陸雲)의
"한선부(寒蟬賦)"에 나오는 말로, 그는 이 책의 서문에서 '공기를 마시
고 이슬을 머금어 그 덕이 청결하다'며 매미의 다섯 가지 덕을 다음과
같이 칭송하였다.

　'매미는 머리 부분에 선비의 갓끈이 늘어져 있으니 문(文)이 있고, 오
로지 맑은 이슬만 먹고 사니 맑음(淸)이 있다. 또 농부가 가꾼 곡식을
함부로 먹지 않으니 염치(廉)가 있고, 다른 벌레들처럼 굳이 집을 짓지
않고 나무 그늘에서 사니 검소(儉)하고, 철에 맞추어 허물을 벗고 틀림
없이 울며 절도를 지키니 신의(信)가 있다.'

그런데 이 매미 날개는 임금만의 전유물은 아니었다. 모양만 다를 뿐 신하들의 모자인 오사모(烏紗帽)에도 매미 날개를 달았다. 조선 후기 학자인 조재삼이 쓴 "송남잡지(松南雜識)"에는 이런 설명이 나온다. '매미 날개가 나지 않은 모양의 관은 서리(胥吏)의 것이고, 날개가 옆으로 난 모양은 백관(百官)의 사모(紗帽)이고, 날개가 위로 선 모양은 임금의 관, 곧 익선관이다.'

군이 다섯 가지 덕을 따지지 않더라도 매미의 날개는 모양이 맑고 투명하다. 하여, 매미의 날개를 모자에 단 것은, 벼슬아치들이 정사(政事)를 맑고 투명하게 하라는 뜻이 담겼다고 풀이해도 좋을 것이다.

그런 연유에서인지 보은대교에 매미 날개를 달고 나서, 우리 보은군의 명예를 드높인 경사스런 일이 생겼다. 국무총리 산하 국민권익위원회의 2013년도 청렴도 측정에서 우리 군이 전국 227개 자치단체 중 최고의 점수를 받아 충북과 보은군 역사상 최초로 1등의 영예를 차지한 것이다. 이는 보은 군민 모두의 기쁨이라 아니할 수 없다.

이렇게 청렴도 전국 1위의 영예를 안고 보니, 곤충 중의 군자로 일컬어지는 매미의 다섯 가지 덕목이 새삼 가슴에 새겨진다.

▶ 文 - 곧게 뻗은 긴 입모양이 선비의 갓끈과 같다. 배우고 익혀서 선정(善政)을 베풀라.

▶ 淸 - 이슬이나 나무의 진액을 먹고 산다.

▶ 廉 - 농부가 애써 가꾼 곡식을 축내지 않으니 염치가 있다.

▶ 儉 - 제 살 집조차 없으니 검소하다.

▶ 信 - 허물을 벗고 죽을 때를 알고 지킨다.

5 이름값, 혹은 이미지 마케팅

– 농축산물에도 브랜드 네이밍이 필요하다!

농협유통 하나로 클럽 서울 양재점에서 열린 보은대추, 사과, 배 판촉행사에 다녀왔다. 그곳은 농협유통 판매장 중 가장 규모가 클 뿐만 아니라, 국내 농축산물 판매장 중에서 첫번째로 손 꼽히는 곳이다. 이곳은 하루 11억원, 1년엔 4,000억원의 매출을 올리는 매머드급 유통센터다. 여기에는 전국 각지에서 뽑혀 온 여러 종류의 농산물들이 각각 다른 이름표와 디자인으로 포장되어 선보이고 있었다.

나는 먼저 쌀 판매장으로 갔다. 진열된 쌀은 똑같은 국내산 쌀이며, 품종도 두 종류가 대부분을 차지하고 있었다. 그런데 재미있는 것은 품종은 두 가지인데 그 이름은 안성마춤쌀, 한눈에 반한쌀, 드림생미, 호평, 생거진천, 뒤주표경기미, 해뜰마루, 옛바다이야기쌀, 꾀꼬리쌀, 해나루, 안동미인, 철원오대쌀, 이천쌀, 장호원임금님표, 황금노을쌀, 여주이천쌀, 친정나들이, 정다운고향, 옹골진, 달래강, 임금님표이천쌀, 대왕님표, 일품찹쌀 등등 다양했다.

또 잡곡은 놀뫼잡곡, 치악산적두, 일품잡곡, 하늘가에, 잡곡이거창, 참살이, 아우내잡곡, 맑은물잡곡, 해돋이마을, 꽃뫼잡곡 등의 이름표를 달고 함께 줄을 서 있었다.

그날 매장에는 진열되지 않았지만 내 고장 이웃 영동의 쌀 이름은 황금물결이고, 옥천 쌀은 청산별곡, 보은 쌀은 황금곳간이다. 그리고 보은의 잡곡 이름은 황토머근이다.

농산물 이름은 대개 그 지역의 지명이나 대표적인 역사유적, 특색 등을 바탕으로 짓는 경우가 많다. 특히 그 고장의 생활주변에서 흔히 보고, 듣고, 느낄 수 있는 것 중에, 부르기 좋고 친근감이 있어 소비자가 쉽게 그 지역을 떠올릴 수 있는 그런 이름이 좋다. 그런데 어떤 이름은 소비자에게 친근감은 물론, 아무런 생각도 떠오르지 않는 그런 무의미한 이름도 있다.

일찍이 공자는 정명순행(正名順行)이라 하여, '이름이 바르면 모든 일이 순조롭다.'라고 말하였으며, 부처는 명전기성(名詮其姓)이라 하여 '이름자에 모든 것이 있다'고 말했다. 그 정도로 옛 사람들은 이름을 매우 중요시 했다. 그래서 '이름을 잘 지어야 성공한다.', '이름이 운명을 좌우한다.'는 말을 믿고 살았다.

전통적으로 우리나라 사람들은 이름이 개인의 운명을 이끈다고 생각해 왔다. 때문에 아이가 태어나면 그 부모는, '이름을 뭐라고 지을까?', '어떤 이름이 좋은 이름일까?'를 고민한다.

심지어는 정당을 창당할 때나 회사를 설립할 때, 학원을 열 때나 식당을 개업할 때, 또 친목계모임을 만들 때나 강아지를 사왔을 때도 마찬가지이다. 어느 지역이나 작명소가 밥을 먹고 사는 이유가 여기에 있다.

'이단아'나 '오류동'처럼 사람이나 지역 이름이 듣기에 거북하거나 오해를 하게 하는 이름은 본뜻과 관계없이 피해를 보기도 한다. 농산물 이름도 마찬가지다. 어떤 이름은 소비자의 구매의욕을 돋구어 많이 팔리고, 또 어떤 이름은 소비자의 관심을 끌지 못하여 잘 팔리지 않는다. 품질이 떨어져서가 아니라 이름 때문에 그렇다면 이는 작명을 한 사람의 잘못이다. 마치 자녀는 건강하고 똑똑한데 부모가 이름을 잘못 지어서 피해를 보는 경우와 흡사하다.

아무리 과학이 발달해도 인류 역사가 지속되는 한 이름의 중요성은 변함없을 것이다. 자동차의 이름도 부르기 좋은 차가 더 잘 팔린다고 한다.

'공장(농장)에서 만드는 것은 제품(농축산물)이지만 고객이 사는 것은 브랜드이다'라는 말이 있는 것처럼, 아무리 좋은 상품도 이름으로 매력이 없으면 잘 팔리지 않는 시대다. 즉, 브랜드 그 자체의 이미지가 마케팅인 것이다.

그렇다면 현재 사용하고 있는 보은의 농산물 이름은 브랜드 가치가 어느 정도일까? 제품의 이름을 새롭게 짓는 브랜드 네이밍은 기업의 중요한 마케팅 전략 중 하나로, 많은 기업들이 개성 있는 상표 개발(상품 이름 등)을 통해 소비자에게 다가가려고 노력하고 있다.

그렇다면 보은을 마케팅하려는, 보은의 유, 무형 특산물을 팔려는 우리들의 전략은 무엇인가? 보은이라는 지역이름을 널리 알리는 게 목표인가? 아니면 이미 국내외에 많이 알려진 속리산의 청정 이미지를 활용하여 소비자의 구매의욕을 북돋우고, 이를 바탕으로 농산물을 판매하고 속리산 관광을 활성화하는 게 목표인가?

농산물 이름을 짓는 이유는 소비자에게 많이 팔기 위해서다. 따라서 어떻게 하면 소비자의 구매의욕을 높일 것인가를 생각하여 이름을 지어야 할 것이다.

지금 보은이 사용하고 있는 '황금곳간'이란 쌀 이름은, 과연 소비자에 호감을 주는 이름인가를 한번쯤 생각해 봐야 한다. 왜냐하면, 소비자는 황금으로 만든 창고에 보관된 쌀이나 황금으로 포장된 쌀을 찾는 게 아니라, 오염되지 않은 청정 토양과 물로 농사지은 무농약 성분의 맛 좋고 찰진 쌀을 찾기 때문이다.

또, 보은의 농산물마다 붙이고 있는 '황토'란 용어는 어떤가도 다시 생각해 봐야 한다. 보은에는 타 지역에 비하여 황토가 지천으로 많이 있는가? 아니면 보은 황토에는 인체에 유익한 요소가 많이 함유되어 있는가? 등등 보은과의 객관적인 연관성도 체크해 봐야 한다. 이제 황토란 용어는 일반화되어 소비자에게 특별한 감동을 전달하지 못하고 있다.

그밖에, 보은한우의 '조랑우랑'이란 이름은 과연 경쟁력 있는 이름인가 하는 것도 검토해 봐야 한다. 이 말은 사전에도 없고, 들어본 적도 없는 것이어서 그 명칭에 대한 인지도가 많이 떨어진다.

방송이나 신문광고를 보다 보면 가끔 듣도 보도 못하던 용어가 등장하는 경우가 있는데, 이는 희귀성을 돋보이기 위한 차별화된 전략이다.

많은 사람들이 조랑우랑이 무슨 뜻이냐고 묻는다. 추측하건대 '대추 조(棗)'와 '소 우(牛)'라는 한자(漢字)와 '너랑 나랑'이라는 우리말을 합성한 것 같은데, 이는 억지로 꿰맞춘 말로 그 이름 지은 사람만이 알 수 있을 것이다.

농산물 이름은 특수계층만을 겨냥한 애매한 용어를 써서는 소비자의 관심 밖으로 밀려난다. 우리는 무수한 광고시대에 살고 있고, 치열한 경쟁 속에 살고 있다.

보은 농민들이 생산한 품질 좋은 각종 청정 농산물이 소비자에게 잘 알려져 비싼 값으로 더 많이 팔리려면, 소비자의 기호와 감각, 그리고 한번 들으면 쉽게 잊어버리지 않는 기억의 용이성과 연상되는 이미지 등 언어적 측면도 함께 고려하여 이름을 지어야 한다.

혹자는 지금까지 써왔는데 그렇게 이름을 바꿀 필요가 있겠느냐 하겠지만, 어차피 역사는 태어나고 사라지고를 반복하며 성장·발전해 오지 않았던가. 한 번 지은 이름으로 평생을 살면 좋겠지만, 지금 가진 이름이 좋지 않다면 개명하여 새로운 삶을 살아보는 것도 좋지 않겠는 가?

황금곳간, 조랑우랑, 황토머근… 이런 이름들이 청정 보은의 농산물 이미지 홍보에 적당한 것인가? 소비자가 성큼 다가가서 잡고 싶은 이름 인가? 오래 기억하고 다음에 또 사고 싶은 그런 이름인가?

농협유통 하나로 클럽 양재점에 전시된 많은 농산물들의 개성 있는 이름들과 우리 보은의 황금곳간, 황토머근, 조랑우랑은 앞으로도 계속 경쟁해야 할 것이다.

우리 보은에서 생산된 농산물들이 보은의 청정 이미지를 함축한 매력 있는 이름으로 다시 탄생하여, 소비자들의 사랑을 듬뿍 받기를 희망해 본다.

6 앉아서 되는 일은 없다

– 발로 뛰어 되찾은 보은군 3개 사업 예산

2011년 8월 25일 퇴근시간 무렵, 충북도청 예산실에서 전화가 왔다.

"군수님! 오늘 지사님이 기획재정부에 갔는데 보은군 3개 사업 예산이 삭감될 것 같다고 합니다."

보은군에서는 2012년 국비지원 사업 45개를 요구했는데, 그 중에 가장 중요한 3개 사업이 기획재정부 예산심사에서 탈락된다는 내용이었다.

나는 이튿날 아침 5시 보은을 출발하여 기획재정부가 있는 과천청사에 갔다. 시계를 보니 오전 6시 50분이었다. 나는 곧바로 담당실장 사무실이 있는 기획재정부 건물 4층 승강기 앞으로 갔다. 실장이 이 승강기를 타고 출근하기 때문에 여기서 기다리다 만나기 위해서였다.

기다린 지 1시간 반쯤 지나서 실장 비서가 출근하다가 나를 보게 되었다.

"군수님! 웬일이세요? 이렇게 일찍 오시다니……."

아주 이른 아침에 사무실 승강기 앞에 서 있으니 다소 당황스러웠는지 실장 비서는 말꼬리를 흐렸다.

"나, 실장님 좀 만나려고 왔어요."

"아, 그러세요? 그런데 실장님 오늘 새벽 2시에 퇴근하셨어요. 빠르면 10시, 늦으면 점심 후에 출근하실 것 같아요. 서류를 저에게 주시면 제가 전해 드릴게요."

"아니, 나 오늘 실장님을 꼭 만나야 하는데… 출근할 때까지 기다리지요."

나는 그리 말하고는 계속 승강기 앞에 서 있었다.

실장 비서가 나를 단번에 알아보는 데는 이유가 있다. 나는 업무상 1년에 몇 번 실장을 찾게 되는데, 이때마다 야생화 화분을 가져갔다. 물론 이 화분에는 꽃 이름과 함께 '보은군수'라 쓰인 작은 팻말도 꽂아두었다.

실장을 찾아오는 전국 각 시, 군이나 중앙 각 부처 공무원들은 특산물 등 별의별 선물을 다 들고 가지만 받는 경우는 없었다. 그런데 나는 야생화 화분 1개만 들고 가서 비서 책상에 놓아둔다. 그러면 그 화분은 당연히 실장 책상에 올라가게 된다. 그런 과정을 통해 실장과 비서는 자연스럽게 보은군을 기억하게 되었던 것이다.

실장 비서는 사무실에 들어가자 말자 승강기 앞에 서 있는 나에게 커피를 가져왔다. 그렇게 시간이 9시가 지나도 실장은 오지 않았다. 나는 오늘 중으로는 출근하겠지, 하며 느긋하게 기다리기로 하였다.

그러다가 9시 47분쯤 돼서 승강기 문이 열렸다. 반가운 실장의 얼굴이 보였다. 승강기 앞에서 기다린 지 2시간 47분만의 일이었다.

"군수님! 웬일이세요? 왜 여기 계세요?"

보은에 있어야 할 군수가 지금 자기 앞에 서 있는 것이 이상했던지, 그는 잠시 놀라는 표정이었다.

나는 웃으며 "실장님 보고 싶어서 밤잠 설치고 왔지요"라고 농을 던지면서, 실장을 따라 집무실 안으로 들어갔다.

실장은 출근할 때 가져왔던 가방을 내려놓고 나와 마주 앉았다. 나는 들고 왔던 세 건의 문서를 탁자 위에 올려놓으며 실장에게 단도직입적으로 말했다.

"이 사업은 보은군에 꼭 필요한 사업인데 실장님이 좀 도와주셨으면 합니다."

그러자 실장은 난감한 표정을 지으며 대답의 꼬리를 흐렸다.

"군수님, 내년 예산이 대단히 어렵습니다. 그러니……."

나는 여기서 물러설 수는 없었다. 그래서 사업의 필요성에 대해 진정성을 갖고 설명해 나가기 시작했다.

"실장님! 보은군보다 더 어려운 곳이 어디 있습니까? 가난한 사람 떡 한쪽 더 주듯이 낙후된 보은군 좀 도와주세요. 지금 보은군은……."

그때 차관실에서 실장을 찾는다는 전갈이 왔다. 나는 어쩔 수 없이 실장과 함께 집무실을 나서면서, 웃으며 마지막으로 반협박성 부탁을 했다.

"실장 2년 했으면 이제 차관 승진하셔야지요? 승진을 앞두고 마지막

으로 보은군 사업, 잘 좀 봐주세요. 만약 이번 예산 삭감되면 앞으로 실장님 안 볼랍니다. 실장님도 속리산과 보은땅 밟을 생각, 아예 하지 마세요."

그러자 실장은 몹시 미안했던지 겸연쩍은 웃음을 지으며 차관실을 향해 걸어갔다.

나는 기획재정부를 나서며 이왕 서울에 온 김에 논의 중이던 한 건을 해결하기로 마음먹고 문화방송(MBC) 김 사장에게 전화를 했다. 우리는 조선호텔 커피숍에서 만나 MBC사원연수원 유치에 대해 협의했다.

그로부터 1주일쯤 지나서 충북도로부터 연락이 왔다. 3개 사업 모두 반영되었다는 소식이었다.

'그래, 공든 탑은 절대로 무너지지 않아. 노력한 만큼 반드시 성과는 있다.' 나는 홀로 중얼거렸다.

나는 민선 5기 보은군수가 되고 나서 제일 먼저, 충북 출신 중앙부처 공무원들의 명단을 확보해 그들에게 일일이 편지를 썼다. 보은군의 현재 상황, 그리고 보은군이 추진하고 있는 일과 앞으로 추진할 일을 진솔하게 그들에게 소개하고 도움을 청했다. 반응은 예상 외로 좋았다. 전화와 손수 답장을 보내온 중앙부처 공무원들은, 하나같이 시장이나 군수가 직접 편지를 보내온 건 처음이라서 그 진정성이 느껴졌다는 내용이었다.

중앙부처에 갈 경우 직급 상하를 구별하지 않고 일일이 머리 숙여 인사를 했다. 그들의 머릿속에 군수가 직접 발로 뛰는 보은군이 각인되었던지, 보은군에 관한 일은 연필로 "군수" 표시해 두고 도와주었다.

현장을 찾아가서 문제점을 알아내고 함께 해결해 나가려는 노력을 보이지 않는다면 그 어떤 누구의 협력도 공감도 얻지 못한다.

페르시아 금언(金言) 중에 '잘 생각하는 것은 현명한 일이다. 잘 계획하는 것은 더욱 현명한 일이다. 그러나 잘 행동에 옮기는 것은 가장 현명한 일이며 가장 지혜로운 일이다.'라는 말이 있다.

새벽 일찍부터 발로 뛰어 지옥으로 갔던 보은군 사업예산을 다시 부활시켜서 예산으로 군민들에게 희망을 줄 수 있는 사업을 펼칠 수 있다는 행복감. 이런 것들이 우리 목민관(牧民官)들의 존재 이유가 아닐까 생각해 본다.

7 "매주 월요일 저녁 7시는 여자축구 보는 날"

– 한국여자축구 리그전 유치에 얽힌 이야기

2010년 11월 중순, 나는 한국여자축구연맹 오규상 회장을 만나기 위해 서울 축구회관으로 찾아갔다. 내가 불쑥 오회장을 찾아간 이유는 WK여자축구 리그전을 유치하기 위해서였다.

오회장을 만나 나의 이런 계획을 얘기했더니 그 첫 마디 물음이 '보은군 인구가 얼마나 되느냐?'였다. 나는 숨김없이 솔직하게 3만5천 명이라고 대답했다. 그러자 오회장은 부정적인 전망을 먼저 언급했다.

"군수님 안 됩니다. 나와 군수님 똑같이 망신합니다. 인구 20만 도시에서도 여자축구 경기에 관중 500명도 안 오는데, 보은군의 경우 농사짓는 분들이 대부분일 텐데 일을 마치고 피곤한데 축구 구경 오겠습니까? 될 일이 따로 있습니다."

나는 여기서 물러설 수가 없었다. 그래서 자신감에 찬 목소리로 희망적인 상황을 얘기했다.

"오회장님, 관중동원은 내가 책임지겠으니 걱정하지 마세요. 지금까지 보은군 역사에 야간경기, 그것도 여자축구를 구경한 적이 없으니 가능성이 없는 것은 아닙니다. 보은군민들이 처음 보는 이색적인 경기이므로 관람객이 많이 올 수도 있다고 봅니다."

나는 계속 말을 이으며, 보은군은 시골이지만 스포츠에 관심이 많은 곳이라는 것을 강조했다. 그리고 축구장 잔디관리, 선수들 편의 제공,

자원봉사자 지원 등을 약속했다. 관중동원은 전적으로 보은군이 책임지겠다는 말도 덧붙였다. 그러자 오회장의 표정이 조금 전과는 달리 밝아지기 시작했다.

그로부터 며칠 후 WK여자축구 리그전 개최 협약을 하였다. 2011년 3월 18일에는 15억원을 들여서 조명타워도 설치했다.

드디어 3월 21일 월요일 저녁 6시. 2011년도 한국여자축구 개막행사가 열렸다. 지표면에 조도가 2,000룩스가 넘는 4방향 조명탑은 보은의 새로운 명물이 되었다. 어둠이 내리자 파란 천연 잔디 운동장은 한 장의 아름다운 대형 카펫이었다.

보은공설운동장 관중석은 6,000석인데 입장권은 7,450장이 나갔다. 보은 역사상 최고의 관중이 모였다. 오규상 회장과 임원들도 놀랐다. 여자축구 역사상 전국을 통틀어 최다수의 관중이란다. 보은군민들도 놀랐다. 여자축구 경기를 처음 보는 군민들은 저건 여자가 아니라 남자다. 야, 잘한다. 박수와 환호가 이어졌다. 중간 휴식시간에는 보은군 예술 공연 단체가 출연하여 흥을 돋우며 한층 축제분위기를 이끌어 갔다.

오는 2014년 3월에 4년째 한국여자축구 리그전이 개막되면 보은군민들은 여자축구에 매료되어 즐거운 한해를 시작하게 될 것이다. '매주 월요일 저녁 7시는 여자축구 보는 날'이라는 현수막이 거리에 휘날릴 것이고, 군민들은 아무리 농사일이 고단해도 흥에 겨워 여자축구전을 보러 올 것이다. 왜냐하면 안 보면 잠이 안 올 뿐더러 다른 군민들과 나눌 이야깃거리가 없어지니까.

보은여자축구의 기적은 지난 3년간 77경기 중에 단 한 번도 비가 와서 중단된 적이 없었다. 그만큼 하늘도 보은군민들의 정성과 노력에 탄복했기 때문이리라.

보은군민들의 행복지수를 높여 주는 한국여자축구 리그전은 군민들 모두의 사랑을 받고 있다. 작년에는 한·중·일 18세 이하 3개국 여자축구도 열렸다. 어느새 보은은 한국여자축구의 대표적 도시가 되었다.

⑧ 하늘도 감동하는 보은의 여자축구 사랑

한국여자축구 리그전이 2011년부터 2014년까지 우리 보은에서 열리게 되었다. 지난 2011년 3월 21부터 2013년 10월 7일까지 매주 월요일 저녁 7시에 77번 열렸다.

그런데 단 한 번도 비가 와서 경기를 못하거나 중단한 적이 없었다. 보은 이외의 3곳에서는 비가 와서 1년에 4~5번씩 어려움을 겪었다는데 말이다.

이상하게도 우리 보은에서는 장대비가 쏟아지다가도 경기 1~2시간 전에 그쳤다가 경기 끝나고 다시 비가 온 적은 몇 번 있었다. 비올 확률이 60%~70%라는 일기예보도 다 빗나갔다.

그러나 군청 직원들은 매번 경기 날의 일기예보를 걱정하곤 했다.

"군수님! 월요일에 비 온다는데요. 축구 어떻게 하지요?"

그 때마다 나는 항상 똑같이 웃으며 대답했다.

"비 안 오니까 준비나 잘 합시다. 내가 안 온다면 안 오는 거고, 자네가 안 온다면 또 안 오는 거야."

처음 몇 번은 설마 했는데 실제로 비가 오지 않으니까 참 이상한 일이라고 직원들은 입을 모았다. 이제는 어느 누구도 비가 올까 하는 걱정은 하지 않는다. 군수 말대로 비가 오다가도 그치니 마냥 신기한가 보다.

실제 챔피언 결정전을 하는 날 아침부터 비가 내렸다. 오규상 회장 등 협회 임원 10여 명과 함께 점심식사를 한 후에도 빗줄기는 세차게 내리고 있었다.

오후 2시쯤 입이 무거운 오 회장은 걱정스러운 표정으로 말을 건넸다.

"군수님! 큰일이네요. 오늘 경기 어렵겠어요."

그러나 나는 군청 직원들에게 그랬듯이 빙그레 웃으며 대답했다.

"오 회장님! 경기 몇 시간 전에 그칠 겁니다. 걱정 안 해도 됩니다."

그러자 오 회장은 물론 다른 임원들도 무슨 헛소리냐는 눈빛이었다.

계속 비는 내리고 그칠 기미가 없었다. 그런데 군수인 나만 경기 전에 비가 그칠 거라고 태평하게 있으니 오 회장 일행은 정말 답답했을 거다.

그런데 오후 4시쯤 되자 빗줄기가 가늘어지더니 드디어 비가 그쳤다. 경기시간인 오후 7시가 되니 언제 비가 왔나 싶게 운동장에 물은 빠지고 천연잔디는 조명에 더욱 짙푸르게 아름다웠다. 오 회장은 믿을 수 없다는 듯한 표정으로 말을 건넸다.

"아니 이럴 수가. 군수님은 신통력이 있습니다. 그 비결이 뭡니까?"

나는 흔히들 말하는 기적이라는 것을 믿는다. 기적은 간절하게 원할 때 이루어진다고 본다. 어느 학자가 '기도하면 그 기도가 상대방에게 전해진다.'고 연구결과를 발표한 것을 들었다. 또 교육심리학에 '피그말리온 효과'라는 것이 있는데, 이는 누군가에 대한 사람들의 믿음이나 기대, 예측이 그 대상에게 그대로 실현되는 현상이란다.

군수와 보은군민들 모두가 축구 경기하는 날 비가 오지 않기를 바라던 간절한 마음이 하늘을 감동케 하지 않았나 싶다.

인간은 만물의 영장이기에 인간의 본심에서 진실하게 기도하면 이루어질 것이라고 나는 믿는다.

9 "어랏차! 보은에 장사들이 다 모였네!"

– 보은장사씨름대회 유치 뒷이야기

2010년 10월 12일. 민속씨름협회 회장 등 씨름협회 임원들을 서울에서 만났다. 명절 최고의 민속놀이인 '설날 장사씨름대회'를 우리 보은군에 유치하기 위해서였다. 느닷없이 찾아온 방문이라서 그런지 분위기가 좀 어색했다. 나는 씨름협회 회장을 만나자 말자, 머뭇거림 없이 방문한 목적부터 말했다.

"회장님! 설날 장사씨름대회를 보은에서 개최했으면 하여 이렇게 찾아왔습니다."

그러자 씨름협회 회장은 관행을 내세우며 단칼에 거절했다.

"설날 장사씨름대회는 30년간 서울 장충체육관에서 해왔습니다. 다른 곳에서 개최하는 건 생각해 본적도 없습니다."

나는 이대로 물러설 수는 없었다.

"회장님 외람된 말씀이나, 30년 해왔으니 올해도 서울에서 해야 한다는 생각이 바로 민속씨름을 쇠퇴시키는지도 모릅니다. 제가 회장님이라면 올해는 강원도, 내년에는 경기도… 이렇게 해마다 전국 각 지방을 순회 개최하여 붐을 조성하겠습니다. 그러면 민속씨름의 옛 영화도 되찾을 수 있을 겁니다. 설날 서울 사람들은 고궁이나 영화관 등 볼거리 즐길 거리가 널려 있어 씨름엔 별반 관심이 없다는 것을 모르십니까? 그러니 회장님! 금년 설날 장사씨름대회는 보은에서 할 수 있게 해주십

시오. 그래서 서울에서 침체된 설날 장사씨름대회를 지방에서 옛 명성에 걸맞게 부흥시킬 수 있도록 배려해 주세요. 갑자기 개최 장소를 바꾸는 것이 쉽지는 않겠으나, 민속씨름 발전의 전환점을 모색해 본다는 점에서 큰 의미가 있지 않을까요?"

나는 여기서 멈추지 않고 계속 씨름협회 회장 등 임원들을 설득해 나갔다. 오래 전부터 민속씨름의 열렬한 팬이었다는 점을 부각시키면서 샅바 잡는데 지루한 신경전과 심판의 빈번한 오심, 신속하지 못한 결정 등 여러 가지 변화의 필요성을 역설하였다. 임원진들과 격의 없는 대화는 그 이후로도 2시간 정도 더 진행되었다.

나의 제안이 예상을 깬 것이었으나 시간이 지나면서 그 진정성이 설득력으로 작용했던지 임원 중 한 사람이 지방 개최도 검토해 볼 필요가 있지 않느냐고 긍정적인 반응을 보였다. 그러자 분위기가 일시에 바뀌면서 보은 설날 장사씨름대회 개최 희망이 보이기 시작했다.

나는 이 기회를 놓칠세라 바로 구체적인 개최비용에 대해 물어보았다.

"사무국장님! 설날 장사씨름대회 유치하는데 비용이 얼마나 듭니까?"

그러자 국장님은 선수 시상금, 장소 준비, 홍보비 등 5일간 개최비용이 2억원 정도라고 했다. 나는 KBS 1TV에서 4일간 매일 2시간씩 생중계 방송을 하는 것은 우리 보은의 지역홍보에 대단한 성과가 있을 거라는 생각이 들었다.

전체적인 상황을 파악해 보니 임원들은 보은 개최가 절대 안 된다는 것은 아니었다. 나는 여기서 배팅을 해야 한다는 생각이 들었다.

"여러분! 고맙습니다. 금년 설날장사 씨름대회는 보은에서 개최하는 걸로 알고 바로 준비에 착수하겠습니다. 유치비는 내일 오후 5시까지 송금하겠고 보은군민들이 씨름을 원래 좋아하기 때문에 매일 3천명 입장은 무난할 것입니다."

일단 일은 저질렀으나, 다음날 당장 2억원을 송금할 돈이 없었다. 한화에 가서 사정을 해볼까? 농협에서 차용할까? 아무리 고민해 봐도 대안이 없었다.

이틀째인 10월 14일, 나는 도청에 가서 담판을 지어야겠다 생각하고, 퇴근길에 부군수에게 내일 8시 반까지 도지사실로 가자고 했다.

10월 15일 오전 8시 30분. 나는 부군수와 함께 이시종 도지사 집무실로 갔다. 도지사는 반가워하면서도 내심 놀라워하는 표정이었다. 보통 군수와 부군수가 함께 면담을 신청하는 예는 없었기 때문이다.

나는 단도직입적으로 우리 보은군이 필요한 예산에 대해 설명했다.

"지사님! 오늘 우리가 찾아오게 된 이유는 우리 보은군의 시급한 현안 두 가지 때문입니다. 그 첫째는 단풍철이 되어 속리산에 관광객이 많이 오고 있는데 터널 입구에서부터 차가 밀려 되돌아가고 있는 실정입니다. 그러니 속리산 사내리 수정초등학교 옆에서 북암으로 가는 좁

은 산길 중간 중간에 차량들이 교차할 수 있게 도로를 부분 확장하는 예산 3억원을 지원해 주시고 또 매년 서울 장충체육관에서 열리는 설날 장사씨름대회를 지방 최초로 금년에 우리 보은에서 하기로 했는데 유치금 2억원도 지원해 주시기 바랍니다."

지사님은 난감한 표정을 지으며 현재 도청의 예산 사정에 대해 얘기를 꺼냈다.

"곧 연말이라 남은 예산이 없습니다. 그리고 타 시군과 도의원들이 지켜보고 있는데 어떻게 보은군만 줄 수 있습니까? 현재로선 지원이 곤란합니다."

나는 순간 난감했지만 정면 돌파를 할 수밖에 없었다. 그만큼 다급했다.

"지사님! 도비가 안 되면 사채 2억원만 얻어 달라"고 했다. "지사님! 5억원을 지원해 줄 걸로 알고 가겠습니다."

나는 막무가내로 밀어붙이고 도지사실을 나왔다.

그로부터 이틀 후인 10월 17일 오후. 도청에서 전화가 왔다. 도비 4억 5천만원을 보은군에 지원하기로 결정이 났다는 것이었다.

비록 그해 설날에는 구제역이 발생하여 설날 보은장사씨름대회가 연기되어 2011년 4월 7일부터 11일까지 성대하게 개최되었다. 그 이후 보은장사씨름대회는 매년 개최되어 금년에 4년째를 맞이한다.

민속씨름협회에서 매년 20여 개의 각종 대회를 전국 각지에서 개최하고 있으나 개최지 지명이 타이틀에 포함된 대회는 '보은장사씨름대회' 뿐이다. 그래서 이 대회의 유치경쟁은 치열하다. 이 대회 4일 동안 방영된 KBS 1TV 생중계 방송은 보은대추축제 성공에 큰 공헌을 하였다.

10 한글의 고향을 아시나요?

- "복천사지(福泉寺誌)"에 수록된 신미대사의 한글창제설

고향은 자기가 태어나 자란 곳을 말한다. 그렇다면 우리가 자랑스러 워하는 한글의 고향은 어디일까? 한글이 최초로 창제된 발상지는 어디 일까? 최근 그곳이 바로 우리나라의 한가운데에 자리한 속리산을 품고 있는 '보은'이라는 주장이 제기됐다.

1997년, 과학적이고 체계적인 한글의 우수성이 세계 언론학자들의 인정을 받아, 유네스코는 훈민정음을 세계기록유산으로 지정하였다. 한글이 전 세계인들로부터 추앙받는 이유는, 자음과 모음 24자로 된 세 계에서 가장 간단한 문자인 반면 그 24자로 표현할 수 있는 소리가 무 려 8,778개나 되어 그 쓰임새가 어마 어마하게 많기 때문이다.

오늘날 세계 공통어라고 하는 영어는 대문자와 소문자가 각각 26자 로 비교적 적은 편에 속하지만, 정해진 약속에 의한 소리이기 때문에 각 철자와 발음, 그리고 그 뜻을 전부 알아야 한다. 이런 활용도의 차이 로 볼 때, 한글은 영어보다 배우기 쉬운 언어이다.

그러면 이렇게 세계인들마저도 부러워하는 과학적이고 배우기 쉬운 한글을 누가 창제했을까? 보통의 한국 사람들은 세종대왕과 집현전 학 자라고 말한다. 그러나 역사를 되돌려 보면, 한글 창제 과정에는 한 고 승의 피나는 헌신이 있었음을 확인할 수 있다. 그 주인공은 바로 세종 대왕의 왕사였던 복천암의 신미대사이다.

이러한 사실은 충북 보은군 속리산면 한국 최고의 법보사찰인 법주사 산내암자인 복천암에서 2011년에 발간한 "복천사지(福泉寺誌)〈월성 스님 엮음〉"에 자세히 수록되어 있다. (참고로, 신미대사가 주지로 있었던 복천암(福泉庵)은 한국의 중심인 속리산에서도 가장 깊숙하게 자리잡고 있는 고찰이다. 그래서 복천암을 배꼽 제(臍)자를 써서 '속리산 제중(俗離山臍中)'이라고 부르기도 한다.)

이 복천사지를 보면 신미대사는 조선 태종 3년(서기 1403년)에 태어나 성종 11년(서기 1480년) 78세로 열반하였다. 그는 조선시대 당시 유일하게 범어와 티베트어에 능통한 고승으로 알려져 있다. 신미대사는 평소 중국으로부터 전해온 불법(佛法)들을 백성에게 전할 방법을 오랫동안 생각하고 있었던 것 같다. 당시 중국에서 전해 온 불교 경전들은 어려운 한문으로 되어 있어 사대부를 제외한 일반 백성들은 부처님의 말씀을 전해들을 수도 없었다. 더욱이 경전을 읽는다는 것은 생각지도 못했다. 신미대사는 이를 계기로 어떻게 하면 경전을 백성들에게 읽게 하여 널리 부처님의 말씀을 전할 수 있을까 고민했던 것 같다.

신미는 10세 때 사서삼경을 독파하고 출가 후에는 팔만대장경을 읽고 해석할 정도로 학문에 뛰어났다. 그는 중국 고승들에 의해 번역된 불교 경전들은 오역이 많아 부처님의 말씀이 제대로 전달되지 않음이 안타까웠다. 하여, 직접 범어로 된 불교원전을 번역하기 위해 범어를 공부했다. 이것은 나중에 신미대사가 한글 창제의 주역이 되는 계기가 된다.

불교의 경전들은 고대 인도어인 범어로 되어 있는데 이것을 중국에서 가져와 한자로 번역한 것이 바로 대장경이다. 하지만 신미대사는 50

개의 자모음이 있는 범어 중에서 28개를 선별하여 실험적으로 글자를 만들어 보았다. 이를 바탕으로 만든 한글을 신미대사는 먼저 "원각선종 석보"에 적용해 보았다. 이 책은 한글창제를 시작한 세종 25년(서기 1443년) 그리고 공포한 세종 28년(서기 1446년)보다 8년이나 앞당겨 만들어진 것이다. 정통 3년(세종 20년, 서기 1438년)에 펴낸 것으로 전(全) 5권으로 되어 있다. 이는 세종의 문자 창제의 연혁을 풀 수 있는 가장 귀중한 자료로 평가된다. 실로 이것은 역사적인 가설을 뒤엎은 엄청난 사건이 아닐 수 없다. 이 책을 면밀하게 살펴보면 훈민정음처럼 초성과 중성을 이용한 한글을 사용하고 있는데, 놀랍게도 훈민정음 공포 8년 전에 이미 한글로 만들어진 경전이 이 세상에 있었던 것이다.

이러한 사실은 "세종실록"에 수록된 대제학 정인지의 훈민정음 창제에 관한 다음과 같은 기술이 잘 밑받침해 주고 있다.

'아, 전하 창제 정음 이십팔자(我 殿下 創製 正音 二十八字), 약거례의 이시지 명왈 훈민정음(略揭例義以示之 名日 訓民正音)'〈세종실록〉

이런 여러 가지 고증을 종합해 볼 때 대제학 정인지뿐 아니라, 당시의 많은 학자들이 한글창제가 공포되기 이전에 이미 신미대사에 의해 훈민정음이 만들어져 있었다는 사실을 인정하고 있었던 것 같다.

위와 같은 사실을 설령 모두 인정하지 못한다 하더라도, 신미대사가 한글 창제에 일등공신이었던 것은 여러 가지 정황에서 들어난다.

세종대왕은 신미대사의 수고를 치하하고 보답으로 복천암에 주불 아미타불과 좌우보처관음세지 양대보살을 복각 조성 시주하였고, 그것으로 부족하여 시호를 '선교도총섭 밀전정법 비지쌍운 우국이세 원융무애 혜각존자(禪敎都摠攝 密傳正法 悲智雙運 祐國利世 圓融無碍 慧覺尊

者)'라 지어(문종에게 위임하여) 신미대사에게 사호(賜號, 나라에서 덕이 높은 고승에게 주는 이름)하였다.

또한 한글을 훈민정음이라 세상에 공포한 후 집현전에 같이 참석하였던 성삼문, 정인지 같은 유생들이 신미대사의 공은 인정을 하되 최초 발기(發起)를 세종대왕이 하셨으니 그 공을 세종대왕께 돌리자하여 신미대사가 쾌히 승낙하니 그 후로 한글은 세종대왕이 지은 것으로 되었다고 한다. 그 이후 문헌에서 신미대사가 집현전에 참가했던 사실에 대한 언급은 일체 찾아 볼 수 없었다. 다만 유일하게 영산김씨 족보에 '수성이집현원학사득총어세종(守省以集賢院學士得寵於世宗)'라 쓰인 기록이 남아 있다. 이를 직역하면 '수성(신미대사 속명)은 집현원 학사를 지냈고 세종의 총애를 받았다'는 내용인데, 이러한 기록들로 볼 때나 하사한 시호 속의 '혜각존자(慧覺尊者)'라는 극존칭 법호와 그 앞에 서술된 백성을 이롭게 했다는 뜻인 '우국이세(祐國利世)'라는 글귀를 볼 때 신미대사가 한글창제의 주역이었음은 확실한 것 같다.

문헌을 통해 내 고장 충북 보은군 속리산면에 위치한 복천암이 한글 탄생의 발원지라는 사실을 알게 되니, 새삼 한글사랑을 실천해야겠다는 다짐이 생긴다.

11 신미대사 한글창제설에 관한 여섯 가지 이야기

- 훈민정음 창제에 신미대사가 직접 관여한 6가지 정황

한글 창제와 관련하여 학계에 많은 학설들이 나돌고 있다. 이 가운데 최근에 주목받는 것이 '신미대사 창제설'이다. 이와 연관하여 신미대사 창제설을 뒷받침해 주는 유력한 학설이 있는데, 이것이 이른바 '범자 (梵字·산스크리트어) 모방설'이다. 이 설은 다음과 같은 책에서 입증 되고 있다.

조선 초기 유학자인 성현(1439~1504)은 그의 저서 〈용재총화〉에서 '기자체의범자위지(基字體依梵字爲之)'라고 밝히고 있다. 직역하면 '그 글 자체는 범자에 의해 만들어졌다'이다. 용재총화는 훈민정음 반포 30년 후에 씌어진 책이다.

실학자 이수광도 그의 저서 〈지봉유설〉에서 '아국언서자양전방범자 (我國諺書字樣全倣梵字)'라 하며, '우리나라 언서(諺書)는 글자 모양이 전적으로 범자를 본떴다'라고 밝히고 있다.

그러나 이 설은 약점을 지니고 있다. 세종대왕이 범자를 모방해 한글 을 창제했을 경우 그 중간에 범자를 능통하게 사용하는 스님이 존재해 야 한다. 얼마 전까지만 해도 이 부분이 규명되지 않았다.

그러나 최근 법주사 산내암자인 복천암에서 2011년에 발간한 "복천 사지(福泉寺誌)〈월성스님 엮음〉"에 이를 입증해 줄 자료들이 많이 공 개되었다. 복천사지에 의하면 범자(梵字) 모방설을 입증해 줄 장본인은 바로 당시 범어에 능통했던 복천암 주지인 '신미대사'이다.

하여, 이곳에서 '신미대사 한글창제설'에 근거가 될 여섯 가지 정황들에 대해 자세히 소개해 보고자 한다.

첫째, 한글 창제 후 실험적으로 지은 곡과 문장이 유교가 아닌 불교 내용을 담고 있는 점이다.

집현전 학자 최만리 등의 상소에서 자세하게 드러나듯이 세종은 1443년부터 훈민정음 창제를 계획했는데 집현전 학자들도 훈민정음 창제를 알고 있었지만, 신미대사와 수양대군, 안평대군, 학열, 학조대사에게도 진행을 시켰던 것이다. 본격적인 훈민정음의 서문과 본문이 완성된 1446년 어느 날 세종은 수양대군과 신미대사를 불러 이렇게 말했다. "우리글이 다 만들어졌다. 내가 노래를 좋아하니 우리글로 노래를 한 번 지어 보는 것이 어떻겠는가?" 세종의 지시를 받은 신미대사는 훈민정음을 토대로 어떤 노래를 지을까 고민 끝에 경기도 고양시 대자암에서 주석하며 동생 괴애(乖崖) 김수온과 함께 한글로 된 대서사시『월인천강지곡(月印千江之曲)』(1447)을 완성한다. 이후『용비어천가(龍飛御天歌)』도 1445년에 시작되어 1447년 완성되었다. (중략)

세종은 소헌왕후(昭憲王后)가 세상을 뜨자 좌절감과 고통에 빠져 있었다. 그리고 어느 날 그의 명복을 빌기 위해 신미대사와 수양대군에게 이렇게 말했다. "왕후의 명복을 빌기 위해서는 어떤 것이 좋은가" 묻자 이에 신미대사는 "부처님의 일대기인 석보상절을 편찬하는 것이 좋겠습니다." 세종은 곧 수양대군에게 명하여 부처님의 일대기를 편찬하도록 했던 것이다.『석보상절(釋譜詳節)』은 보물 제523호이다. 1446년(세종 28)에 세종의 비인 소헌왕후가 사망하자 그녀의 명복을 빌기 위하여 석가의 전기를 엮게 하였는데『석가보』,『법화경(法華經)』,『지장경(地藏經)』,『아미타경(阿彌陀經)』,『약사경(藥師經)』등에서 뽑아 모은 글을 한글로 옮긴 것으로 1447년(세종29)에 완성된 것을 1449년(세종 31)에 간행하였다. 이 책은 조선전기의 언어연구에 귀중한 자료가 될 뿐만 아니라 다른 불경 언해서(諺解書)와는 달리 문장이 매우 유려하여 당시 국문학을 대표하는 유일한 작품으로 꼽히고 있다. 이를 볼 때 신미가 훈민정음 창제에 직접 참여한 첫번째 정황으로 볼 수 있다. 신미와 수양대군의 인연은 급속하게 가까워졌다. (중략)

훈민정음의 원리적 근거가 유교가 아닌 불교이며 공교롭게도 한글 창제 무렵에 간행된 국가적인 번역 사업이 불교경전이라는 점을 주목하지 않을 수 없다. 24권 분량의『석보상절』과『월인천강지곡』도 찬불가이다. 정인지, 신숙주, 최만리 등의 집현전 학자들이 쉬운 한글로 만들었으면 "논어(論語)"나 "맹자(孟子)"와 같은 유교경전을 번역해서 백성들이 읽게 해야지 하필이면 불교경전을 번역했다는 사실은 바로 신미대사가 훈민정음 창제에 관여했다는 증거이다. 또한『월인석보(月印釋譜)』는 세종의 어지(御旨)가 108자이고『훈민정음』은 28자와 33장으로 이루어져 있다. 사찰에서 아침저녁으로 종을 칠 때 그 횟수는 28번과 33번이다. 하늘의 28숙(宿)과 불교의 우주관인 33천(天)을 상징하는 숫자이다. 이것이 한글창제에 스님이 깊이 관여했고 그분이 바로 신미대사였다는 결정적인 근거가 된다.

둘째, 유학 성향이 강했던 세종이 '선교도총섭 밀전정법 비지쌍운 우국이세 원융무애 혜각존자'(禪敎都摠攝 密傳正法 悲智雙運 祐國利世 圓融無碍 慧覺尊者)라는 긴 법호를 내린 점이다.

세종이 한글창제의 초석을 다진 고마움의 표시로 당시 신미대사가 주석하고 있던 복천암에 아미타금동삼존불(중앙에 석가모니부처님과 좌우보처인 관세음보살과 대세지보살)을 조성하여 시주하고 승하 몇 달 전 신미대사를 침실로 불러 신하로서가 아닌 윗사람의 예로 법사를 베풀었던 것이다. 여기에서 우리는 몇 가지의 사실을 주목할 필요가 있다.

'병환이 나았는데도 정근(正勤)을 파하지 않고 그대로 크게 불사를 일으켰다. 중 신미를 불러 침전 안으로 맞아들여 법사(法事)를 베풀게 하였는데 높은 예절로써 대우했다.'『세종실록 1450』

그래도 세종은 한글창제의 보답으로 미흡함을 알고 신미대사에게 '선교도총섭 밀전정법 비지쌍운 우국이세 원융무애 혜각존자(禪敎都摠攝 密傳正法 悲智雙運 祐國利世 圓融無碍 慧覺尊者)'라는 긴 법호를 준비했다. '존자'라는 명칭은 큰 공헌이나 덕이 있는 스님에게 내리는 시호(諡號)이며 우국이세(祐國利世)는 '나라를 위하고 백성을 이롭게 했다'는 문구이다. 이 점은 바로 신미대사가 한글창제에 큰 공을 세웠기 때문이다.

1451년 세종이 승하하자 신미대사는 속리산 복천암으로 내려가 중창불사를 하고 있었다. 문종은 왕으로 즉위한 후 행정 1호로 한글창제의 공으로 선왕이 내린 시호를 신미대사에게 전하기 위해 금란지(金鸞紙)에 써 자초 폭으로 싸서 보내고 세상에 이를 알렸다. 그러나 당시 박팽년, 하위지, 홍일동, 이승손, 신숙주, 조안효, 유성원을 중심으로 신하들이 한 달간이나 빗발치는 반대 상소문을 올렸다. (중략)

이와 같은 집현전 학자와 유생들의 줄기찬 반대로 인해 문종은 결국 대조계 선교도총섭 밀전정법 승양조도 체용일여 비지쌍운 도생이물 원융무애 혜각종사(大曹溪 禪敎都摠攝 密傳正法 承揚祖道 體用一如 悲智雙運 度生利物 圓融無碍 慧覺宗師)로 고쳐 시호하였다. 즉, '우국이세'를 '도생이물'로 '혜각존자'를 '혜각종사'로 바꾼 것이다. 이후 '혜각존자'라는 존호는 세조 때에 가서야 비로소 불리다가 성종 때 가서야 세종이 내린 시호대로 복원되었다. 당대 최고의 성왕으로 추앙받고 또한 지식인이었던 세종에게 유생들은 그 어떤 반발도 하지 못했다. 세종은 자신이 결심한대로 기어이 신미대사에게 호칭을 하사하고 복천암에 엄청난 시주를 하였다. 또한 세종은 두 왕자와 왕후를 잇달아 잃고 허망한 마음을 불교에 의지했다. 이를 볼 때 단순히 신미대사가 내원당(內願堂)을 짓고 법요(法要)를 주관한 그 공만으로 나라의 공신들에게만 쓰는 '우국이세'의 시호를 내린 것은 일반적 상식으로는 납득이 가지를 않는다. 필시 이보다 더 큰 업적이 있었기 때문임을 짐작할 수 있다. 그것이 바로 한글창제에 따른 것이다.

셋째, 유학자들이 당시는 물론 세종이 죽자마자 부녀자 글, 통시 글(화장실 글) 등의 말로 훈민정음을 비난하고 험담한 점이다.

세종이 돌아가신 후 집현전 학자는 물론, 유생들은 한문에 비해 한글을 속된 글자로 여겼다. 그들은 한글을 '언문, 언서' 한문을 '진서'라 하였다. 또한 한글을 부녀자들이나 익히고 쓰는 글자라고 해서 '암클'이라고 했으며 용변을 볼 동안에도 쉽게 배울 수 있다고 해서 '통시 글'이라고 비아냥거렸다. 집현전 학자들조차도 '통시 글'이라고 한글을 두고 비하한 것은 그들이 한글창제에 조금도 관여를 하지 않았다는 결정적인 증거이다.

넷째, 수양대군 세조가 복천암 주지인 신미대사를 손수 찾았던 점이다.

수양대군은 단종 원년 10월에 김종서, 왕보인을 제거하고 영의정부사(領議政府事)로서 정권을 장악한 후 단종 3년(1445) 6월 단종의 선위(禪位)를 받아 세조대왕이 되었다. 즉위 과정에서 불교를 극력 배척하던 유신들은 대부분 제거하였다. 세조 3년, 신미는 수미와 함께 도갑사를 중창하였다. 왕이 된 이후 나라의 정세가 매우 어지러웠다. 또한 가뭄이 몇 년 동안 계속되자 백성들의 살림이 극도로 어려웠고 세간의 민심은 흉흉했다. 맏아들인 도원대군이 급사했다. 이로 인해 마음의 병을 얻은 세조는 자주 악몽을 꾸었다. 그리고 몸에서 심한 부스럼 같은 종기가 나기 시작하여 좀처럼 낫지 않았다.

이로 인해 마음의 병과 육신의 병을 동시에 얻은 세조는 불심에 의지해서 다스리고자 했다. 그러나 전국의 용하다는 의원들의 처방에도 불구하고 효험을 보지 못했던 세조는 한글창제 당시 4년간이나 함께 일을 했던 복천암에 있는 신미대사가 생각났다.

그리하여 세조는 육신에 난 피부병을 고치기 위해 온양에 간다고 1464년 2월 17일 신숙주 이하 많은 신하들을 대동하고 한양을 출발하였다. 그리고 2월 18일 광주(廣州) 문현산(門懸山), 2월 19일 죽산(竹山) 연방(蓮坊), 2월 20일 진천(鎭川) 광석(廣石)과 용천산(湧川山)에 머물렀다. 2월 21일 오고(五鼓)에서 어가가 거동 청주 초수(椒水)에 머물렀다.

2월 22일 어가가 청주에 머물렀다. 2월 24일 거가(車駕)가 행궁에 머물렀는데 왕세자가 편찮았다. 2월 26일 청주를 출발하여 저녁에 회인현(懷仁縣)에 머물렀다. 2월 27일 보은현(報恩縣)에 행행(行幸)하여 행궁터에 하룻밤을 청했다.

'이때 중 신미가 찾아와서 뵙고 떡 1백 50시루를 왕에게 바쳐서 호종(扈從)하는 군사들에게 나누어 주었다.' 『세종실록 10년 2월 27일』

2월 28일 장재리를 거쳐 말티재를 넘어 큰 소나무 아래까지 당도하였다. (중략)

세조는 복천암에 와서 3일간 신미대사의 법문을 듣고, 학조, 학열 스님과 함께 지극하게 기도를 올리고 마음의 병을 고쳤다. 하지만 세종실록에는 세종대왕이 오전에 복천사에 행하여 오후 신시(3~5시)에 행궁한 것으로 기록되어 있다. 한양에서 속리산의 거리는 당시의 교통수단으로 만 25일이 걸리는 거리이다. 그런데 세조는 왜 한양을 떠나 그 고생을 하면서 깊은 산속인 복천암까지 왔을까? 당시 김수온이 쓴 『복천보장』에는 세조가 3일간 신미, 학조, 학열 대사와 함께 법회를 하였다고 되어 있다. 그런데 신하들은 필시 이 복천보장을 필사본으로 기록하였을 것이 분명한데 복천암에 오전에 와서 오후에 떠난 것으로 기록되어 있다. 이것은 당시 신하들의 횡포가 얼마나 심했는가를 단적으로 보여준 사례이다.

수양대군은 안평대군과 함께 4년 동안 대자암 등지에서 신미대사와 한글 창제 연구에 몰입했는데 그때 그 인연으로 인해 신미대사를 만나기 위해 왔던 것이다. 또한 신미대사가 집현전 학사로 참여하여 한글을 만든 장본인이기 때문이다. 그후 세조는 내관 김처선을 시켜 봉서(封書)

를 보냈다. 이 편지를 보면 세조와 신미대사의 지극한 정을 보여준다.

– 미사전(眉師前)

순행한 뒤에 있는 곳이 각각 떨어져 소식이 아득하고 또 종극에 일이 많아 진로(塵勞)가 날마다 번다하고 몸도 건강치 못하여 여러 날 일을 놓았는데 뜻하지 않게 정려(精廬)를 번거롭게 하여 항상 불전(佛前)을 빌어 주시고 자주 사람을 보내서 물어보시니 더욱 감격하고 황송합니다. 굳이 이러실 것이 없습니다. 정수(精修)를 못하게 하는 것은 내가 승업(僧業)을 방해하는 것입니다. 『세조실록』

신미는 세조가 복천암에 다녀간 그해 세조의 쾌유를 빌기 위해 부처님 진신사리가 있는 적멸보궁 상원사에 기도를 드리기 위해 갔다. 그러나 절이 허물어지고 비가 새 신미는 자신의 가사와 발우를 팔아 상원사에 기와와 기둥을 세우는 등 중창하고 기도에 들어갔다. 이 소식을 내관 김처선에 의해 전해들은 세조는 감동하여 승정원에게 명하여 경상도 관찰사에 정철 5만 근, 중미 5백 석을 주었다. 또 재용감에 명하여 면포 2백 필, 정포 2백 필을 주게 하고 내수소는 면포 3백 필, 정포 3백 필을 주게 하였다. 이후 스님은 상원사를 중수했다는 소식을 세조에게 전했다. 세조는 신미에게 다시 상원사 중수 권선문을 써서 보낼 것을 요청했다. 세조는 신미가 쓴 권선문에 친필로 한문으로 써서 한글로 번역하여 250명의 신하들에게 결인을 받고 시주를 거두어 신미대사에게 보낼 정도로 각별했다. (중략)

천순(天順) 8년(세조 10년 1464) 12월 18일 지어진 세조(世祖)의 본 권선문은 한문 권선문과 함께 한글 권선문이 함께 수록되어 있다. 또 본 권선문에는 세조의 수결(手決)과 어새(御璽), 자성왕비(慈聖王妃) 윤씨(尹氏)의 어새가 들어 있고, 세자의 수결도 들어 있다. 종친으로는 효령대군, 임영대군, 영응대군의 수결과 정의공주, 의숙공주의 수결도 들어 있다. 이어서 하동부원군 정인지, 고려부원군 신숙주, 상당부원군 한명회를 비롯하여 8도의 수령방백과 각 진(鎭)의 수장 등 무려 250명에 달하는 신료(臣僚)들의 수결이 들어 있다. 신미대사는 세조의 하사품(下賜品)을 받고 다음과 같은 글을 쓴다.

- 그후 세조는 1446년(세조 12) 3월 16일 상원사 중창불사 낙성식에 신미대사의 초청을 받고 유점사를 거쳐 강원도 상원사로 갔다. 세조는 당시 악질을 앓고 있었는데 상원사 계곡에서 어의를 벗어 놓고 병풍을 치고 목욕을 했다. (중략)

세조는 복천사에서 신미대사께서 마음의 병을 치유했으며 상원사에서 육신의 병을 치유했던 것이다. 이를 볼 때 세조와 신미대사와의 관계는 떼어낼래야 떼어낼 수 없는 관계였다. 이것 역시 신미대사와 세조가 한글창제에 깊이 관여한 것이 틀림없다.

세조는 1461년 간경도감(刊經都監)을 설치하여 1471년(성종2년)까지 존속되었다. 세조는 왕위에 오르기 전부터 불교를 선호하여 세종의 불서편찬과 불경간행을 도왔다. 그리고 왕위에 오른 뒤에는 왕위찬탈을 속죄하려는 마음에서 더욱 불교를 숭상했다. 1457년『묘법연화경』을 간행하고, 1458년 해인사 대장경 50부를 꺼내 전국사찰에 분장하였으며 1459년에는 월인석보를 간행하였다. 거의 대부분의 업무를 세조가 관장하였고 신미, 수미, 홍준 등의 승려와 황수신, 김수온, 한계희 등의 학자가 실무를 맡았다. 특히『능엄경언해』를 국역하여 간행을 했을 때

는 세조와 신미의 발문이 붙었으며 『영가집언해』를 국역하여 간행할 때
는 세조가 구결(口訣)을 달고 신미가 국역, 효령대군과 해초(海超)가 교
정을 했을 정도였다. 1470년 세조가 왕위에서 물러나고 예종과 성종이
즉위하자 그 이듬해 폐지되었다. 이때 발간된 한문불경으로 『금강반야
경소개현초』·『대반열반경의기원지』, 『대승아비달마잡집논소』, 『묘법연
화경찬술』, 『화엄경론』, 『사분률상집기』, 『대방광불화엄경경론』, 『노산집』
등이 있고 한글번역 불경으로는 『능엄경언해』, 『법화경언해』, 『금강반야
바라밀다경언해』등이 있다. 이들 경전은 불교 보급에 적지 않은 역할을
하였으며, 특히 한글로 번역한 언해본은 불교학 연구뿐만 아니라 조선
초기의 우리말 연구에 귀중한 자료가 되고 있다. 이 모든 것이 신미와
세조의 인연 때문이다.

다섯째, 신미대사의 본관인 영산 김씨 족보에 신미대사가 집현전
학사로 언급된 점이다

신미대사는 충청북도 영동에 영산 김씨 가문에서 부친 김훈과 모친
여흥 이씨 부인 사이에서 태어났다. 영산 김씨 세보에 보면 '집현전 학
사(集賢殿 學士)'로 '득총어세종(得寵於世宗)'이라고 기록되어 있다. '집
현전 학사'였으며 특히 '세종의 총애를 받았다'는 말이다. 이처럼 집안
내에서는 신미대사가 '집현전 학사'였다고 내려오고 있다. 당시 매월당
은 유림에 가서 유생들에게 신미대사를 소개할 때 '불중성인(佛中聖人)'
으로 소개를 하기도 했다. 또한 신미대사의 친동생이자 독실한 불자였
던 김수온이 한글 창제 이전에 이미 중앙에 진출한 상태였다는 점도 이
와 관련된다는 가설의 신빙성을 더하고 있다.

'훈민정음 창제 과정에는 불교의 신성한 숫자가 곳곳에 숨겨져 있다. 이로 미루어 볼 때 훈민정음 창제 당사자들은 새로운 문자의 작업을 통해 궁극적으로 불교를 보급하고자 하는 목적을 가지고 이 사업을 진행했다' 〈김광해 서울대 교수〉

'방대한 양의 불경이 한글이 창제된 지 얼마 안 되는 기간에 한문본이 편찬되고 번역까지 됐다. 이는 한글 반포 이전부터 불경에 정통하고 있었으며, 또 새로 창제된 훈민정음의 운용법과 표기법에 통달하고 있었던 인사들이 있어서 이 사업을 추진했다는 증거이다. 억불숭유의 시대로 말미암아 신미대사의 공헌은 철저히 가려지고 삭제될 수밖에 없었다. 이제라도 그분에 대한 깊이 있는 연구가 이루어져야 할 것이다. 〈강신항 성균관대 명예교수〉

이 같은 기존 학자들의 주장도 그 당시 대표적인 학승이었던 신미대사를 상정할 경우 더욱 한글창제에 신미대사가 주역이었음을 설득력 있게 들려준다.

여섯째, 신미대사가 범어에 능통했던 점이다.

조선 초기 유학자인 성현(1439~1504)의 저서 『용재총화』나 이수광의 『지봉유설』에서도 언문은 범자에 의해 만들어졌다는 것을 밝히고 있는데 신미대사는 범어의 음성학을 통해 한글 창제에 결정적인 산파 역할을 했다. 그럼 신미대사는 범어를 어떻게 공부하였을까? 신미대사는 출가하기 전 어린 시절 사대부들이 출입하는 사랑방에 자주 놀러갔다. 이미 열 살 때 사서삼경을 독파했을 정도로 문재에 뛰어났으며 어른들의 대화중 절에 팔만대장경이 있다는 소리를 은연중에 자주 들었다. 그리고 그에 대한 호기심을 갖던 중 출가 후 대장경을 직접 읽고 많은 의문에 쌓였던 것 같다. 한문으로 된 대장경들은 부처님의 말씀을 전하는데 매우 미흡함을 알고 마음에 흡족하지 않아 범서로 된 원전을 보기위해 범어를 공부하기 시작했다. 이 같은 사실은 다음의 내용을 보면 신미대사가 범어를 사용했다는 것을 뒷받침한다.

'제주도 제주시 조천읍에 조계종 고관사가 있습니다. 80여 년에 역사가 있는 포교당입니다. 구전에 의하면 전남 선암사에서 제주불교포교를 위해서 아미타불(목불, 좌고 2자 7치)를 모시고 가서 최초로 초가를 짓고 고관사로 명명했다고 합니다. 여러 차례 이전을 하다가 지금으로부터 40여 년 전에 현재 고관사에 아미타 부처님을 모시게 되었습니다. 이후 1980년 경 당시 주지 스님께서 고관사 법당에 경주 옥석으로 부처님을 새롭게 모시고 계시던 아미타불은 폐불 시켜서 창고 속에 방치하게 되었습니다. 그후 1984년 소승이 주지로 부임한 후 폐불이 된 아미타불을 친견하게 되었습니다. 이후 불상조성 불모인 김익홍 교수와 불상의 보수 및 복원을 하기 위해서 정밀조사 하던 중에 아미타불 복장에서 정골사리, 고려시대 법화경 제4권, 장수멸죄경과 함께 신미 큰스님께서 증명하신 부적다라니와 티베트멸죄다라니가 발견되었으며, 그 이후 문화재 관리국에서 박상국 전문위원과 임원들이 내려오셔서 정밀조사를 끝내고 KBS, MBC 9시 전국뉴스에 소개된 바 있습니다. 박상국 전문위원께서는 아미타불을 문화재로 다라니는 희귀분으로 등록시켰습니다.' 〈석도림 스님 편지 전문〉

'1984년 제주 고관사(苦觀寺) 도림 스님이 옛날 불상을 구해 모시는 과정에서 범어로 기록된 진언과 다라니 등 복장물이 발견되었는데 「파

지옥진언(破地獄眞言)」과 「문수멸죄업주(文殊滅罪業呪)」등 31가지가 수록되어 있었다. '경 태병자하 비구 신미 학열 시주 영가 부부인 신씨(景泰丙子夏 比丘 信眉 學悅 施主 永嘉 府夫人 申氏)'라고 되어 있는 것으로 미루어 보아 세조 2년에 작성된 신미대사의 친필로 알려졌다.' 〈충북의 역사인물 신미대사〉

　이 자료들을 볼 때 신미대사는 까다롭기로 소문난 범어로 된 불교경전에 정통했던 대학자였음을 알 수 있다.

복천암

12 "죽는 길은 하나지만 사는 길은 여러 개가 있습니다."

– 회남대교에 설치된 '단 하나뿐인 생명' 살리기 전광판

보은군 회남면에는 길이 450m의 회남대교가 있다. 이 대교는 1980년 대청댐이 완공될 때 놓아진 것으로 대전에서 보은군 회남면으로 오려면 꼭 건너야 한다.

그런데 이 대교에 불명예스런 꼬리표가 붙어 있어 안타까움이 많았다. 대교가 개통된 후 2012년까지 30여 년 동안 해마다 적게는 5~6명 많게는 26명까지 자살자가 생겨, 중부권 제일의 자살대교로 소문이 났다.

이 대교에서 자살한 사람은 보은사람이 아닌데도 언론에 '보은 회남대교'라는 이름으로 나오니, 외지인들은 '보은사람들이 살기가 얼마나 어려우면 저렇게 죽겠어!' 이런 오해를 하곤 했다. 이 때문에 보은사람들은 이 회남대교를 좋게 생각하지 않았다.

생명은 단 하나뿐이고 세상 어느 것과도 바꿀 수 없는 귀중한 것인데, 어렵고 힘들다고 스스로 죽음을 택한다는 것은 죄악 중에 제일 큰 죄악이다. 그래서 어떻

게 하면 자살을 막을 수 있을까? 고민하던 중 이상한 점을 발견했다.

자살 지점은 날짜와 시간이 다른데도 약속이나 한 것처럼 똑같은 지점에서 계속되어 왔

다. 그 위치는 대전에서 회남쪽 대교를 건너오는 우측 끝부분 20m 전쯤이었다.

이곳은 옥천 방향으로, 좌측 대전 방향보다 경치가 훨씬 아름답다. 어두운 밤에 경치를 볼 겨를도 없을 텐데 모두 이곳에서 자살한 것도 이상한 일이다.

보은군은 고민 끝에 작년에 2,000여만원을 들여서 이 자살지점 앞에 가로등을 달고, 전광판을 세워 대교를 건너오면서 번쩍이는 자막을 볼 수 있게 하였다.

자막은 '단 하나뿐인 생명! 죽는 길은 하나지만 사는 길은 여러 개가 있습니다.' 라는 내용으로 자살하러 오면서 좋든 싫든 누구나 보게 되어 있다.

그 후로 많은 변화가 생겼다. '그래 맞아! 내 가족을 두고 죽어서는 안 되지, 죽지 말자'는 생각을 해서인지, 이 전광판을 세운 지 1년이 지났는데 아직까지 자살자가 한 명도 없어 여간 다행이 아니다. 이제 '자살대교'라는 그 오명은 말끔히 벗겨질 것 같다.

13 느림의 관광, 축제문화의 상품화

– 일본 야마나시 현의 교훈

일본 도쿄의 서부, 중부지방의 남동쪽 후지산 주변에 위치한 야마나시 현은 단양군 어상촌면 같은 아주 산골이다. 야마나시 현으로 가는 길목에는 피반령 정도의 큰 고개가 있는데, 차도가 1차선뿐이어서 내려오는 버스는 모퉁이에서 기다렸다가 올라가는 버스와 교차해야 한다. 따라서 상, 하행 버스 둘 다 많은 시간을 허비하는 경우가 다반사다. 관광객들은 왜 도로를 확장하거나 터널을 만들지 않는지 늘 궁금해 하곤 한다.

이 고개를 넘어가면 천연 호수가 나온다. 여기서 여객선을 타는데 반시간을 기다려야 한다. 배는 이쪽과 저쪽에서 동시에 출발한다. 관광객은 빽빽하게 늘어서 있는데 배는 단 두 척만 오고 간다. 출발한 배는 아주 천천히 간다. 성미 급한 사람은 속이 터진다. 선착장에 도착하면 이번에는 산을 오르는 케이블카를 타야 한다.

30분을 기다려서 타고 정상에 오르면, 30분쯤 걸어갔다가 되돌아와야 한다. 그렇게 짧게 관광을 하고 또 기다렸다 케이블카를 타고 내려와야 한다. 다시 버스를 타고 좁은 도로를 1시간쯤 달리면 마을에 도착하게 된다. 차창 밖에는 온통 포도나무만 보인다. 밑동이 30cm정도는 되는 것 같았다.

수형(樹形)은 보통 사람 키 높이의 방추형으로 마치 맷방석 같았다.

200여 가구쯤 되는 마을에 들어서니, 안내자가 포도주 공장으로 안내하며 무료니 실컷 마시고 나올 때 맛 좋은 번호 몇 병을 골라 사라고 한다. 한 줄로 서서 150여 종류의 포도주 맛을 보는데 그 맛이 그 맛인 것 같았다. 관광객들은 2~3병을 사가지고 차에 오른다.

이 포도주 시음장에서도 한 줄로 서서 돌자니 1시간이 걸렸다. 안내자는 관광버스는 하루에 한 곳 이상 포도주 공장을 들리도록 규정되어 있다고 했다. 1시간쯤 달려서 도착한 곳은 산중 도시 하꼬네라는 곳이었다. 우리보다 앞에 간 버스나 뒤에 온 버스나 모두 이곳에 모였다. 아침에 떠나 여기까지 오는데 9시간 정도 걸렸다. 야마나시 현으로 오는 모든 관광객들은 여기서 잘 수밖에 없다. 한번 들어오면 교통이 불편해서 당일에는 되돌아 갈 수 없기 때문이다. 그래서 여기에 오는 관광객들은 일정을 1박2일로 잡는다고 한다. 하꼬네에는 식당, 여관, 노래방, 술집, 카바레, 온천, 파친코 등 먹고 마시고 놀 거리로 꽉 차 있었다. 사가지고 온 포도주는 초저녁에 마시고 밤새도록 꽃을 피우는 황홀한 밤 문화는 지갑 속에 돈이 술술 빠져 나가게 만든다.

이튿날 야마나시 현 소재지까지 가는데 2시간이 더 걸렸다. 그날 야마나시 현 도지사의 저녁 초대를 받았다. 식사가 끝나고 우리 일행과 도지사는 환담을 나누게 되었다. 화제는 당연히 여기까지 오는 과정에서의 불편함이었다. 좁은 도로와 유람선, 그리고 케이블카와 포도주 시음장 등 너무 시간을 질질 끌어서 불편했던 점에 대해 우리들은 도지사에게 따져 물었다. 그러나 도지사의 답변은 간단명료했다.

관광객이 관광지에 와서 최소한 3시간을 머물러야 담배 1갑, 밥 한 끼를 먹고 가는데, 만약 도로를 확장하고 관광코스를 빠르게 이동하게 한다면 관광객은 당일로 돌아갈 것이다. 1일 관광은 관광객이 버리고 가는 쓰레기 청소비용도 안 나온다. 관광객이 이것저것 보고 먹고 놀고 즐기도록 시간을 오래 끌어 하룻밤을 자고 가게 해야 돈벌이가 된다는 논리다.

지사는 볼거리가 여기저기 흩어져 있어야 지루하지 않게 계속 이동관광을 하면서 시간을 끌 수 있고, 먹고 마시고 즐기고 놀게 하는 것은 한 곳에 집중돼 있어야 돈을 쓴다는 것이다. 관광객은 저녁을 먹고 나면 피곤하여 이동을 싫어하니까 일단 가까운 곳으로 유인, 시동을 걸어 돈을 쓰게 한다고 했다. 도지사는 1일 관광은 남는 게 없으므로 목돈 쓰고 가는 숙박관광을 할 수 있는 사업을 계속 개발하고 있다는 말을 덧붙였다.

3일째 되는 날 야마나시 현 장터에서 축제가 열린다 하여 가 보았다. 포도재배 작목반이 주최하는 축제는 포도를 원료로 하는 사탕, 과자, 빵, 초콜릿, 아이스크림 등 별의별 먹을거리를 만들어 놓고 무료 시식도 하고 판매도 하였다.

이 축제는 지역내 포도재배 농가들이 가공해서 고수익을 올리는 기회인데, 소비자 반응이 좋은 것은 대량생산 체제를 갖추어 일본 전국 시장에 진출하게 된다고 한다.

지역특산품을 홍보하고 판매하여 돈 버는 행사가 축제다. 지역민들끼리 모여서 먹고 마시고 돈 까먹는 동네잔치 같은 소비적인 행사는, 축제가 아니라 지역발전을 후퇴시키는 고사 날이라는 것이 이들의 생각이다.

지역민들의 창의적인 아이디어와 자발적 참여를 결합시켜 지역경제를 살리는 축제를 만든 야마나시 현 주민들. 그들은 지금 축제라는 이름으로 외지인들을 불러들여 지역의 고유문화와 특산품, 그리고 훈훈한 인심까지 상품화하여 지역 발전을 도모하고 있다.

주민소득을 높이고 지역경제를 윤택하게 하는 야마나시 현의 성공적인 관광 사업은 교통이 불편한 깊은 산골이라는 핸디캡에 대한 역발상에서 출발한다.

그들은 산골지역 기후와 토양에 적당한 작목인 포도를 선택하여 재배기술을 개발하고, 생포도로 팔기보다는 부가가치가 높은 포도주로 가공하여 고소득 상품으로 정착시켰다.

또 여기에 볼거리, 먹을거리, 즐길거리, 놀거리 등 변화하는 관광객의 욕구를 만족시킬 수 있는 다양한 관광 상품을 발굴해 냈기에 성공할 수 있었다.

보통 사람들은 교통이 편리해지면 관광객이 많이 오고, 교통이 불편하면 관광객이 오지 않을 것이라고 믿는다. 정말 그럴까? 지금부터 30여 년 전 관광지 개발이 되지 않았던 때에는 교통 편리한 곳으로 갔다. 그러나 이제는 다르다. 아무리 교통이 불편한 곳이라도 특별한 관광 상품만 있다면 찾아간다. 반대로 아무리 교통이 편리해도 관광객이 즐길 만한 것이 없으면 가지 않는다.

행여 교통이 편리하다 하여 많은 관광객이 몰려 와도, 먹고 즐기고 느낄 수 있는 관광 상품이 빈약하여 1~2시간 돌아보고 가버린다면 쓰레기 처리비용도 안 나온다는 야마나시 현 도지사가 한 말은, 농촌 지역경제 활성화가 시급한 우리들로선 교훈으로 삼을 만하다.

14 나라를 수호한 영혼들과의 운명적 만남

이상한 일이다. 내가 6.25 참전유공자 기념탑, 무공수훈자 공적비, 국민방위군 의용경찰 전적 기념탑, 충혼탑 건립 등에 관여하게 된 것은 우연이 아닌 것 같다.

(1) 6.25 참전유공자 기념탑 제막

2004년 1월 중순경, 6.25 참전유공자회 조일행 회장이 만나자는 전화를 했다. 며칠 후 찾아갔더니 남산에 6.25 참전유공자 기념탑을 세우려고 하는데 5천만원이 부족하니 정 의원이 도비를 지원해 달라고 했다.

당시 보은군청 김성환 과장이 사업카드를 만들어 주었고 충북도청

실무진과 수차례 협의했으나 지원 전례가 없다고 난색을 표했다. 도지사를 만나 실무진에서 전례가 없다는데 전쟁터에서 목숨을 걸고 나라를 지킨 분들의 전적을 기리는 사업은 우리 세대가 하지 않으면 역사에 묻히게 될 것이다. 꼭 해야 할 사업이니 새로운 전례를 만들자고 설득했다.

도비 5천만원을 보은군에 내려 보냈다. 서재원 씨가 기념탑 설계를 하였고, 조회장과 임원들이 노력하여 2004년 3월, 오늘의 6.25 참전유공자 기념탑이 제막되었다. 이 기념탑에는 보은군 출신 587명의 이름이 각 읍면별로 새겨져 있다.

(2) 무공수훈자 공적비

2005년 5월 어느 날 오전. 텃밭에서 감자를 캐고 있는데 택시 한 대가 우리 집 마당에 오더니 네 분이 내렸다. 초면인 보은군 무공수훈자회 연규찬 회장과 임원들이었다.

찾아온 사연은 전 군수 임기 말에 2천만원으로 보은읍 이평교 서쪽 공원에 무공수훈자 공적비를 세웠는데 몇 군데 오, 탈자가 있어 제막을 못하고 있다. 신임 군수에게 공적비를 다시 만드는데 필요한 예산지원을 요청하였더니 동일한 사업에 예산을 두 번 지원할 수 없다고 거절당했다. 공적비 제막은 해야 하는데 별다른 방안이 없어 고민하던 차에 보은 사는 어떤 분이 정상혁 도의원에게 가보라고 해서 왔다는 것이다. 그들은 예산이 대략 300만원 정도면 된다는 말도 덧붙였다.

"말씀 내용은 잘 알겠습니다. 노력은 하겠지만 꼭 믿지는 마십시오."

나는 그들에게 이렇게 말하고 그들을 돌려보냈다. 그로부터 며칠 후

보은현장에 가보니 공적비는 방치 상태였다.

보름쯤 후에 '보은군 무공수훈자공적비 주변정리사업' 명목으로 도비 1천만원을 보은군에 보냈다. 연회장과 임원들이 애를 쓴 결과 2005년 6월에 공적비는 제막되었다.

이 공적비는 보은군에 거주하는 을지훈장을 받은 손태현 외에 화랑훈장, 충무훈장, 인헌훈장, 보국훈장을 받은 육군 93명, 해병 6명, 공군 1명 등 총 100명의 이름이 새겨져 있다.

(3) 국민방위군 의용경찰 전적기념탑 제막

2001년 12월 17일. 산외면 6.25 참전 유공자 회의를 방청했는데, 국민방위군과 의용경찰로 전사한 11명의 전적기념탑을 세워 후손에 알려야 한다는 논의가 있었다. 어렸지만 6.25 전쟁을 직접 지켜본 나에게는 큰 감동이었다.

2002년 7월. 도의원이 되어 당시 국민방위군 소대장 이열우님, 장갑리 출신 소대장 안보상님, 산외면 구대장 최남규님 가족, 사내리 박용주님, 나명환님, 유재철님, 서재원님 등을 만나 의견을 나누었으나 두 가지 문제가 있었다. 하나는 건립비 마련이고 또 하나는 참전자와 전적 내용 파악이었다.

건립예산은 도지사를 만나 설득하여 2006년 충북도 예산에 6,500만 원을 확보하였다. 60여 년이 지나 국민방위군 의용경찰의 전적과 참전하신 분들의 명단을 찾아내는 것은 쉬운 일이 아니었다.

육본본부와 제37사단을 여러 번 찾아갔으나 국군의 전사(戰史)는 있지만 국민방위군과 의용경찰에 관한 기록은 없었다. 경찰 지휘하에 있었기 때문에 명단 확보도 불가능했다.

전적기념탑 건립추진위원회를 구성하기로 하고 위원장 유재철, 부의원장 조일행, 사무장 서재원, 감사 김교석, 황규설, 운영위원 이석, 이열우, 이승관, 나명환, 박용주, 조사위원 김표준, 강관구, 이원국, 남해성, 임각순, 이생현, 구장서, 송낙현, 권영관, 김석기, 홍순태, 김연정, 황규남, 박성용, 신익수, 김영근 등 26명으로 정하였다.

이 추진 위원들이 조사에 나선 지 1년 6개월만에 참전자 1,036명의 명단을 작성하게 되었다. 또 공비토벌에 참전하여 전사한 51명의 명단도

파악되었다.

　국민방위군 의용경찰의 참전 사실을 파악하는데 어려운 점은 참전한 분들이 연세가 많아 정확한 기억을 하지 못하는 것이었다. 실례로 국민방위군으로 공비토벌에 나섰던 산외면 길탕 출신 노학우(현 서울거주)님은 수년 전 중병으로 기억력이 상실되었다면서 서툰 글씨로 몇 달만에 회답이 왔다.

　첫째는 산외면 가고리 공비침투 연락을 받고 3소대를 인솔하여 경찰과 합동작전으로 전투했고, 둘째는 산외면 대원리 뒤 상봉에 공비출현 신고를 받고 1,2,3 소대가 경찰과 합세 전투를 했고, 셋째는 충남 국사봉이라는 곳에 공비 500여 명이 집결해 있다는 정보에 각 지역 방위군이 총동원되어 국사봉을 포위하고 전투를 했다는 것만 어렴풋이 기억날 뿐이라고 하였다.

보은군내 공비활동은 1946년 12월 북한 유격대 박두현이 속리산에 은 거활동을 시작한 이래 1956년 12월 31일 군경의 공비토벌이 종료될 때 까지 만10년 동안 산외면과 속리산면을 주 무대로 주민들을 괴롭혔고 재산과 생명까지 많은 피해를 주었다. 이 공비들과 맞서서 이 고장 청 년들은 대한청년단, 국민방위군, 의용경찰로 경찰과 군인들을 도와 공 비토벌전에 참여하여 고향과 나라를 지키는데 앞장섰다.

6.25 전쟁이 휴전된 지 54년 동안 역사 속에 묻혀 있던 보은군 국민 방위군과 의용경찰의 빛나는 전적을 후세에 전하고자, 2007년 11월 15 일 전적기념탑이 제막되었다. 이 탑에는 참전한 분들의 한자(漢子)이름 이 각 읍면별로 마을별로 새겨져 있다. 국민방위군 의용경찰 전적 기념 탑은 전국에서 단 하나뿐으로 국가보훈처와 국방부의 공식인정을 받아 이 탑에 성명이 있는 생존자는 매월 20만원의 수당을 받고 있다. 2012 년부터 매년 11월에 산외면 주관으로 위령제를 지내오고 있다.

國民防衛軍·義勇警察 戰跡紀念塔 建立文

　여기 韓國戰爭의 銃聲이 멈춘 지 54年 동안 歷史 속에 묻혀 있던 報恩郡 國民防衛軍과 義勇警察의 빛나는 戰跡을 찾아 이 고장의 未來를 밝히는 등불로 삼고자 한다.

　1945年 8月 15日 祖國이 光復된 후 38線을 境界로 北에는 共産政權이, 南에는 自由民主主義 政府가 세워졌다. 그러나 南韓에 密派된 間諜과 共産主義者들은 빨치산(共匪)을 조직하고 山間地帶를 根據로 官公署를 습격, 放火하기도 하고 民家의 식량을 奪取하는 한편 良民을 虐殺하였다. 共匪들의 피해가 날로 심해지자 이 고장 靑年들은 住民들을 보호하기 위하여 스스로 靑年團體를 만들어 對抗하였다. 1949年 12月 이때까지 각 地域別로 自生團體였던 여러 靑年組織이 全國單位의 大韓靑年團으로 統合되어 官公署를 지키고 出沒하는 共匪들과 맞서 싸웠다.

　1950年 6月 25日 共産軍의 奇襲南侵으로 國軍은 後退를 거듭한 끝에 8月 5日 낙동강 방어선에 있었으나 9月 15日 맥아더 유엔군사령관의 仁川上陸作戰으로 서울을 收復하고 北進을 하던 9月 하순경 낙동강 戰線에 있던 共産軍 7個師團 1萬餘名이 소백산으로 北上하는 길목인 속리산 일대에 모여들었다. 이 共産軍 패잔병들은 國軍 후방부대를 공격하거나 빨치산처럼 산간마을에 出現하여 온갖 피해를 주었다. 大韓靑年

團 소속이었던 산외면과 속리산면의 靑年들을 시작으로 보은군 내 各面 靑年들이 共産軍 패잔병 討伐에 自進 참여하였다. 12月 11日 17歲 이상 40歲 미만 靑·壯年들로 國民防衛軍이 創設되어 報恩郡支隊와 各面別 驅隊가 本格的인 공비토벌에 나서게 되었다.

防衛軍은 1951年 5月 해체 될 때까지 밤낮으로 관내 각 마을을 巡察하면서 수시로 속리산 주변 각 地域에 출몰하는 소수의 共匪와 산발적인 交戰을 하기도 하고 수십 명 내지 수백 명의 共匪部隊와 수십 차례 單獨 또는 義勇警察, 警察, 國軍과 合同作戰을 하여 수백 명을 生捕, 射殺하는 등 많은 戰果를 거두었다. 防衛軍이 해체된 후에도 共匪들의 出沒이 계속되자 방위군 출신들은 더 積極的으로 공비토벌을 하게 되었는데 그해 가을 어느 날 舍內理 遊擊隊員들이 法住寺를 지키고 있을 때 접근해오는 共匪 일당을 발견하고 射殺, 退却시켰다. 훗날 智異山 공비가 법주사를 불태우라는 命令文을 소지하고 있었다고 傳한다. 특히 산외면 防衛軍 安輔相 소대장은 대원리 戰鬪에서 동생이 戰死하였음에도 單身으로 敵陣을 기습, 敵 一個 소대를 全滅시켰고 또 山勢에 밝았던 金種燮 유격대장은 토벌작전마다 앞장서 싸워 俗離山面을 지킨 人物로 남아있다.

1953年 4月 國軍이 속리산과 영동 3道峰을 主舞臺로 활동해온 人民遊擊隊 5百餘名을 擊滅할 때 까지 3年餘 동안 속리산 周邊에 수많은 共匪들이 출몰했음에도 住民들의 被害를 크게 줄일 수 있었던 것은 共匪活動 全盛期에 국민방위군과 의용경찰이 暴雪과 강추위, 험한 山岳地帶등 惡條件에도 뜨거운 同志愛와 투철한 鄕土愛로 뭉쳐 목숨 걸고 싸웠기 때문이었다. 數年간 持續된 보은군내 共匪討伐戰에서 우리고장

青年 50餘 名이 壯烈하게 散華하였고 수십 명이 負傷당했다.

國民防衛軍과 義勇警察이 軍番도, 名譽도, 報償도 없이 愛鄕心과 愛國心으로 내 고장을 지키고 危機의 祖國을 求한 큰 敎訓을 後世에 傳하여 우리고장 發展의 原動力이 되기를 祈願한다.

西紀 2007年 11月 15日

鄭 相 赫 지음

보은군 · 주변지역 공비활동 및 토벌요약

- 1945년 8월 15일 광복 후 38선을 경계로 남북 분단

- 1946년

  - 8월 제천 덕산 출신 이현상, 월악산에서 인민유격대 조직

  - 12월 북한 유격대 대위출신 박두현 일당 속리산 은거활동

- 1947년

  - 12월 박우현, 이현상 합류, 제18지구당 제3대대 편성

- 1949년

  - 4월 박우현 속리산 대목리 정태성 가족 3명 살해

  - 5월 박우현 부하 박노식 속리산 경찰지서 습격

  - 5월 12일 박우현 괴산 감물 매전리 금광 폭발물 탈취

  - 6월 20일 : 박우현 속리산 대목리 식량 탈취

  - 7월 29일 : 여공비 나신녀 등 4명 속리산 출현 식량 탈취

  - 12월 18일 : 박우현 속리산 북암리 경찰 1명 살해

  - 12월 좌익 청년 단체들이 민주청년 동맹으로 통합되자 우익계
    대동청년단, 서북청년회 등 20여개 청년단체가 대한 청년단으로
    통합

- 1950년

  - 1월 20일 박우현 산외면 신정리, 대원리, 속리산 사내리 약탈

- 4월 20일 박우현 산외 경찰지서 습격, 경찰 1명 사살
- 6월 25일 북한 김일성 기습 남침
- 8월 5일 국군, 낙동강 방어선 대치
- 9월 15일 맥아더 유엔군사령관 인천상륙작전 성공
- 9월 23일 김일성, 낙동강 전선인민군 총퇴각 명령
- 9월 하순 낙동강 전선 배치 공산군 7개 사단 보은 경유 소백산 패주
  ▶ 제6, 7사단 : 지리산 집결 → 함양 → 무주 → 영동 → 보은 → 문경 → 단양 → 소백산
  ▶ 제2, 4, 9사단 : 거창 → 영동 → 보은 → 문경 → 소백산
  ▶ 제13, 1사단 : 군위 → 상주 → 보은 → 문경 → 소백산
- 9월 하순 : 박우현, 박기악, 죽령, 조령, 속리산, 추풍령 삼도봉 제2전선 형성
- 9월 하순 : 이현상 승리사단(남부군 전신) 무장공비 100명 속리산 거점 활동
- 9월 27일 : 제1사단(사단장 백선엽) 낙동강 → 상주
                제1연대 보은군 마로면 관기리 진출
                제15연대 보은 집결
                제28연대 회인서북방 진출
- 9월 28일 : 국군 서울 탈환 수복
- 9월 29일 : 국군 제15연대 보은지구 패잔병 소탕전
                제1대대 지휘소 회인 설치
                제1중대 수한 동정리

제2중대 회인 죽암 교전, 적 50여명 생포

- 9월 30일 : 국군 제3중대 죽암리 – 회인 잠복

- 10월 중순 : 북한 인민군 패전병 지리산, 덕유산, 소백산, 태백
산, 오대산으로 북상도중 보은, 괴산, 상주, 3개군 접
경인 속리산, 도명산, 백악산, 낙영산 등에 1만여명
이 야간 산간마을 식량 및 가축 약탈, 주민 살해

- 10월 중순 : 산외면 청년 70여명 공비토벌대 조직, 대원리에서
공비 1명 생포

- 10월 중순 : 속리산면 대한 청년단 소속 의용경찰 등 40여명이
대목 3거리에서 공비 2명 생포

- 11월 : 속리산 천왕봉 패잔병 노병구외 40여명 1주일간 식량 약탈

- 12월 10일 : 국군 제5사단, 제9사단 속리산 삼도봉, 소백산, 월악
산, 서대산 공비토벌 작전

- 12월 11일 : 17세 이상 40세 미만 청ㆍ장년대상 국민방위군 창설
(보은군 지대장 김선우, 면단위 지구대 편성)

- 12월 하순 : 문장대공비 270여명 출현

● 1951년

- 1월 : 속리산면, 장안면, 공비 200여명 출몰

- 1월 : 제1사단(사단장 최덕신) 제9연대 제1대대, 속리산면 장안면
공비와 교전, 제2대대 제5, 7중대 적 소탕

- 1월 중순 : 청천면, 화북면 일대 공비 3,000여명 교전
속리산면, 산외면 일대 공비 1,000여명 교전
화북면 일대공비 500여명 교전

- 1월 13일 : 인민군 승리사단 속리산 주둔
- 1월 20일 : 산외면 장갑리 승리사단 공비 100여명 경찰 교전
- 1월 24일 : 국군 제37도선으로 후퇴
- 2월 : 제2사단 3개 경비대대, 국민방위군 1개 연대, 태백산지구
  전투경찰대 2개 대대, 충북, 경북 일대 공비 소탕작전 전개
- 2월 16일 : 승리사단 공비 120여명 괴산 청천지서 습격, 방화
- 3월 17일 : 국군, 서울 재탈환
- 4월 8일 : 승리사단 공비, 괴산 칠성지서 습격, 방화
- 4월 26일 : 이현상 부대, 청주경찰서, 청주형무소 방화
- 4월 28일 : 태백산지구 전투사령부 예하 제 5, 6, 7, 12 경비대대,
  속리산 공비 소탕
- 5월 : 국민방위군 해체(법적으로 해산되었으나 청년들은 경찰,
  국군과 공비토벌 협력 참여)
- 6월 : 속리산면 공비 20여명 출현, 주민7명 학살
- 6월 : 윤상철 등 공비 150여명 속리산 도착
- 10월 : 속리산면 국민방위군 출신 12명 유격대 조직
  법주사 잠복근무 중 공비 1명 사살, 잔당 도주
- 11월 26일 : 수도사단 제8사단 주축 백야전 전투사령부(소장 백
  선엽 1군 단장)
  예하 태백산지구 전투경찰 사령부(경무관 이성우) 배
  속 충북 전 지역 공비 소탕
- 1952년
  - 4월 : 청주 형무소 탈출 청원 낭성 출신 신장식 속리산 거점 공비

활동

– 9월 : 공비 제6지대장 남충열 등 17명 속리산 입산

　　　이현상 부대 지리산으로 이동

– 10월 31일 : 공비 제 301, 931, 941부대 속리산 입산

● 1953년

–2월(음력 설날 전후) : 육군 제866부대 경찰 토벌대 회인면 쌍암
　　　　　　　리 뒷산(청원 가덕 내암리) 패잔병 10명 일
　　　　　　　망타진

– 2월 : 공비 박우현 사살

– 4월 : 육군 제866부대 (대령 박명근)와 경찰 통합 작전

　　　속리산, 삼도봉 근거 정비 500여명 섬멸

– 6월 : 신장식 경찰 총격전

– 7월 27일 : 휴전협정

– 9월 18일 : 이현상 지리산에서 사살

– 9월 : 북괴군 장성 출신 윤상철, 신장식, 국군 반란병 김용철 충
　　　북지구당 개편

– 12월 11일부터 1954년 5월 25일까지 166일간 3단계 박전투사령부
　　공비 소탕작전 전개

– 12월 26일 : 육군 제866부대, 경찰토벌대 내북면 이원리에서 속
　　　　　리산공비
　　　　　제3지구당 조직책 조종진외 2명 소탕 (1명 사살, 2명
　　　　　생포)

- 1955년
  - 3월 1일부터 1개월간 제2군사령부 남부지구 경비사령부 대대적인 공비 소탕작전 실시
  - 9월 18일 : 영동군 매곡면 출신 공비 남현수 자수
- 1956년
  - 12월 31일 : 공비소탕작전 종료

♣ 국민방위군의 공비소탕전에서 지금까지 전해 오는 전설 같은 이야기는 산외면 방위군 구대장이었던 최남규님의 천둥 같은 호령에 공비들이 떨었다는 것과 산외면 소대장 안보상님은 6척 장신에 토벌대장으로 통했던 그의 용맹은 방위군의 상징이었다. 친동생이 공비에게 살해되자 단신으로 적진을 공격하여 공비 1개 소대를 전멸시켰다고 한다. 또, 속리산 산세에 밝았던 김종섭님은 1951년 10월 속리산면 사내리 국민방위군 출신 12명으로 유격대를 조직, 법주사 잠복근무 중 공비 1명을 사살했고 잔당은 도주하게 하였다.

1953년 9월 18일 이현상과 그 일당이 지리산에서 사살될 때 어느 공비의 소지품에서 '법주사를 불태우라'는 지령문이 발견되었다고 한다.

김종섭 대장이 이끌던 사내리 유격대원들이 텅 빈 법주사를 지키지 않았다면 법주사는 불탔을 것이라고 전해진다.

(4) 충혼탑 재건립

남산에 있는 충혼탑은 1969년 6월 6일에 세워졌으나 40여 년간을 지나는 동안 훼손이 심하여 재건립하기로 하였다. 2011년 충혼탑 조형물을 공모하여 심사위원들이 만장일치로 선정한 작품이 오늘의 충혼탑이다.

작품에 담겨 있는 의미는 하늘의 영령들과 땅 위의 군민들이 상통하고 태극을 상징하는 횃불처럼 타오르는 애국심과 보은군의 비약적인 발전이다. 또 동서남북 4방향 휘돌아 날아오르는 날개 모양의 38계단은 38선을 의미하며, 각 읍면의 균형발전과 보은군의 밝은 미래를 나타낸다.

이 충혼탑 건립에 몇 분들의 건의가 있었는데 충혼탑이 있는 남산은 개구리형상의 와산(蛙山)이고 천주교가 있는 산은 뱀형상의 사산(蛇山)이며 국유림관리소 옆 산은 돼지형상의 저산(猪山)으로 개구리는 뱀에게, 뱀은 돼지에게 먹이가 된다. 이런 악연으로 보은에 큰 인물이 나오지 못하고 있으니 이전하라는 것이었다.

이러한 주장은 생각하기 나름이다. 개구리와 뱀은 항건천을 경계로 서로 떨어져 있고 뱀과 돼지도 중초천을 경계로 떨어져 있다.

개구리와 뱀과 돼지가 한 곳에서 사는 것이 아니고 하천을 경계로 일정한 간격을 두고 독자적인 영역에서 살아가는 것이 자연 생태계라고 보면 된다.

다만 남산의 충혼탑이 개구리 머리 위를 짓누르고 있다고 하여 종전의 충혼탑 앞 제단을 2배로 늘려 뒷산 쪽으로 약 20m 이상을 밀었다. 이렇게 하여 충혼탑이 개구리 머리 위가 아니고 개구리가 기쁜 마음으로 애국영령을 등에 업고 있는 형상이 되어 그 뜻과 해석이 좋게 되었다.

　아름다운 조형물과 좋은 의미를 상징하는 충혼탑은 10억원의 예산으로 2011년 11월 4일 제막되었다. 이 충혼탑 지하 공간에는 보은군 출신으로 6.25 전쟁과 월남전에서 순국하신 영령과 경찰관, 대한청년단원 등 조국과 고장을 지킨 1,243위의 위패가 모셔져 있다.

　이 충혼탑은 주변 사방을 확장하고 주차장, 화장실, 정자, 운동시설 등을 갖춘 공원으로 보은읍의 명소가 되었다.

15 보은의 미래 발전, 글로벌 인재양성에 달려 있다

[1] 미국 선진문화 체험을 마치고

- 천사들의 도시 Los Angeles와 소녀상의 도시 Glendale
(2014. 1. 14 ~ 1. 23)

속리산중학교 교사 윤봉수

(1) 미지의 땅 미국, Los Angeles 그리고 Korea Town

미국 영화의 아이콘 할리우드(Hollywood)와 동심의 세계 디즈니랜드(Disney Land)의 본고장 Los Angeles! 1월 14일 오후 천사들의 도시 LA로 가는 비행기에 군수님과 학생 12명(보은중, 보은여중 각각 4명, 속리산중 2명, 보덕중, 회인중 각각 1명)을 포함한 미국문화체험단이 몸을 실었다. 비행기 안에서 여러 가지 상념들이 떠올랐다. 앞으로 마주하게 될 새로운 세상과 사람들에 대한 설렘과 불안이 동시에 찾아왔다.

12시간을 날아 LA공항에 도착한 시간은 한국 출발일과 동일한 14일 오전 10시. 우리는 시간을 거슬러 LA에 도착한 것이다. LA 날씨는 두터운 옷을 잔뜩 준비한 우리 일행의 기대를 무참히 저버렸다. 위도상 한국보다 약간 아래에 위치한 LA의 겨울 날씨는 평상시 늦가을 날씨지만, 이번 겨울은 이상 고온으로 20도 이상의 초여름 날씨가 지속되고 있었다. 덕분에 우리 일행은 기대하지 않은 여름휴가를 즐길 수 있는 행운을 누릴 수 있었다.

LA는 뉴욕 다음 가는 대도시로 한인사회가 가장 큰 규모를 이루고 있는 지역이기도 하다. 특히 한인타운은 LA에서 상업적 중심을 이루고 있는 지역에 위치하고 있으며, 성공한 한인들이 지역 상권을 잡고 있다고 한다. 특이한 것은 사우나, 노래방, 각종 음식 등 한국 문화를 머나먼 이국 땅 미국에서 그대로 접할 수 있다는 사실이었는데 마냥 신기했다.

(2) 우호협력 도시 글렌데일(Glendale), 학생 교류사업

지난 2012년 8월 보은군과 우호협력을 맺은 글렌데일시는 LA에 인접한 위성도시 중 하나로 인구 20여만 명으로 구성되어 있으며, 특히 한국교포가 많이 살고 있는 지역이다. 대표적 사업은 전력산업, 항공산업, 광학기계, 약품, 에니메이션 산업이 있으며, LA의 배후도시이자 교육도시로 매우 깨끗하고 정돈된 느낌을 주는 곳이었다.

보은군과 글랜데일시의 학생 국제교류는 올해로 3년차에 접어든다. 두 도시의 우호협력 사업 중 하나로 시작된 학생교류 사업은 해가 갈수록 자리를 잡아가고 있다는 느낌을 받았다. 기존 국제교류 학생은 학교장의 추천으로 선발되었다. 하지만 올해는 학생 영어역량 강화를 위해 충북대학교에 영어집중 연수과정을 개설하고, 그 과정을 이수한 중학교 2학년 40명을 대상으로 연수성적과 학생인성을 고려하여 각 학교에서 추천을 받은 학생을 선발하였다. 이와 같은 선발 방법의 변화는 현지 로즈먼트중학교에서 영어를 두려워하지 않고 시도하려는 학생들의 자세와 자신감에서 여실히 드러났다. 학생들은 3일간 로즈먼트중학교에서 현지 학생들과 어울리며 수업에 동참하였다. 물론 수업을 완벽하게 이해하지는 못했으나, 즐겁게 학교생활을 하는 아이들 모습이 자랑스러웠다. 로즈먼트중학교는 한국학생들을 위해 현지 학생 12명을 앰버서더(Ambassador)로 임명하였다. 앰버서더(Ambassador)는 한국학생들의 학교생활 적응을 돕기 위해 현지 학생 1명이 한국 학생 1명을 밀착 지원하는 제도이다. 이 제도를 통해 한국학생은 학교생활의 불편함을 해소하고 미국 학교 문화를 좀 더 쉽게 습득할 수 있었다.

학교생활 3일간 학생들은 홈스테이 가정에 묵었다. 홈스테이 가정은 사회적으로 성공한 한인교포 가정에서 이루어졌다. 집에 큰 수영장이 있으며, 방이 6개나 되는 집의 크기에 우리 학생들이 놀라움을 금치 못했다. 홈스테이 기간 동안 학생들은 한인교포들이 미국에서 정착하고 성공하기까지의 소중한 경험담을 듣고 배울 수 있는 뜻 깊은 시간을 가졌다. 더불어 홈스테이 가정에서 방과 후에 주변 관광도 시켜주고 대형마트에 가서 초콜릿과 고국의 형, 누나, 동생에게 줄 선물까지 손수 사주시는 따뜻한 마음에 감동을 받았다. 어떤 학생들은 미국에 가면 꼭 먹어보아야 한다는 인앤아웃(in-and-out) 햄버거를 먹었다며 연신 자랑을 하였다. 또한 식물원, 그리피스 천문대 등 명소를 방문하며 유익한 시간을 보냈다. 다시 한 번 따뜻하게 돌보아주신 호스트 가정에 감사의 마음을 전한다.

(3) 글렌데일의 새로운 상징 소녀상, 일 잘하는 군수

최근 한국과 일본에서 논란의 중심이 되고 있는 도시가 바로 글렌데일이다. 서울 일본대사관을 응시하고 있는 소녀상 앞에서 매주 위안부 할머니들이 집회를 하고 있는 것은 널리 알려진 사실이다. 그리고 그 소녀상과 동일한 동상이 미국에 건립되었다는 사실도 뉴스를 통해 대대적으로 보도되었다. 머나먼 이국 땅 미국에 홀로 자리를 지키고 있는 위안부 소녀상의 도시, 그곳이 바로 글렌데일이다.

우리가 글렌데일 시립도서관 앞 공원에 도착한 것은 오전 7시 경이었다. 인적 없는 한적한 공원에는 스프링쿨러만이 작동되고 있었다. 군수님을 비롯한 일행은 소녀상 앞에 정렬한 후 묵념을 올렸다. 마음속에서 뭉클한 뜨거운 것을 느낄 수 있었다. 학생들도 나와 같은 마음이었을 것이다. 소녀상은 두 손을 꼭 쥐고 있었고, 동상 뒤 바닥에는 소녀상 그림자가 조각되어 있었다. 놀라운 것은 그 그림자가 소녀의 모습이 아닌 세월이 흘러 늙어버린 할머니의 모습이라는 것이다. 아직도 청산되지 않은 식민지 역사와 끊임없는 부인과 부정으로 일관하는 일본 정부, 그리고 이제 수명을 다하고 사그라지고 있는 위안부 할머니들의 모습이 오버랩 되고 있었다.

글렌데일시 체류 기간 중 일본 기초의회 대표 20여 명이 소녀상 철거를 위해 항의 방문한 사건이 있었다. 다행인 것은 글렌데일 시의회 의

원 전원이 일본 대표 면담을 거부하여 공식적인 만남이 성사되지 않아, 그들의 주장이 허공의 메아리로 끝났다는 것이다. 반면 군수님과 우리 일행은 글렌데일시 프랭크 퀸테로, 로라 프리드만, 자레 시난얀 의원과 만나 두 도시의 우호협력을 다지고 위안부 소녀상을 지키기 위하여 결코 뜻을 굽히지 않고 단호히 대처하겠다는 약속을 재차 확인하는 자리를 마련하여 큰 대조를 보였다. 정상혁 보은군수님이 미국 LA글렌데일시에서 땀을 흘리며 씨를 뿌렸던 것들이 열매로 돌아온다는 강한 인상을 받았다. LA글렌데일시 의원들의 정상혁 군수님에 대한 두터운 신망을 느낄 수 있었고 미국 LA사회에서의 위상을 볼 수 있었다.

또한 군수님께서는 도착 당일 긴 시간의 비행과 시차가 안 맞아 피곤할 법도 한데 LA한인사회에서 크게 영향력을 발휘하고 있는 LA민주평통협의회와 인적·물적 상호교류 및 중학생 미국 연수시 지원을 위한 우호협력 양해각서를 체결하였고, 그 다음날 LA 한인 최대 여행사인 US아주투어와 모국방문단 유치를 위한 MOU를 체결하였다. 그 자리에 아주투어 사장은 보은군 속리산을 1박하는 상품을 개발하고 있다는 희소식을 들었다. 보은군 지역경제 활성화를 위하여 발로 뛰는 모습을 보며 일 잘하는 군수의 면모를 볼 수 있었다. 아울러 모든 일을 2일만에 다 완벽하게 처리하고 3일째 밤 비행기로 귀국하는 모습은 LA한인들도 놀라며 군수님의 체력에 감탄을 할 정도였다.

(4) 새로운 문화체험

- 동심의 나라 디즈니랜드(Disney Land), 위대한 자연의 힘 그랜드캐니언(Grand Canyon), 사막의 환상의 도시 라스베가스(Las Vegas)

로즈먼트중학교 수업을 마친 후 LA의 대표 명소 할리우드(Hollywood)와 그리피스 천문대(Griffith Observatory)를 방문했다. 할리우드는 옛 명성만큼은 아니지만 아직도 중국, 일본, 한국의 단체관광객이 꼭 찾는 곳으로 많은 사람들로 북적됐다. 아카데미 시상식이 열리는 '돌비' 극장을 방문했고 할리우드(Hollywood) 간판이 보이는 곳에서 학생들은 사진을 찍었다. 옛날에는 할리우드 거리에서 영화를 찍는 모습을 많이 보였지만 지금은 대부분의 영화제작은 제작사 세트장에서 이루어지기 때문에 직접 영화를 찍는 모습은 볼 수가 없었다. 기억에 남는 것은 명예의 거리에서 본 스타들의 손도장이었는데, 우리나라 배우 안성기, 이병헌의 손도장이 마음을 뿌듯하게 만들었다.

디즈니랜드는 학생들이 좋아하는 장소로 하루 일정을 할애하였다. 우리나라의 놀이공원과 마찬가지로 여러 가지 놀이기구와 디즈니 캐릭터 그리고 다채로운 공연이 펼쳐졌다. 거리 뮤지컬 공연은 곳곳에서 펼쳐졌는데 전문배우들처럼 굉장히 수준 높은 공연이었다. 우리 학생들은 시간 가는 줄 모르고 즐거운 시간을 보냈는데, 재미있는 카 레이스나 롤러코스터는 한 시간쯤 줄을 서서 탈 정도로 인기가 많았다. 학생들은 점심 먹는 시간까지도 아껴가며 더 많은 놀이기구를 타려고 하였고 갈 시간이 되었는데도 더 타면 안 되냐고 하며 재미있는 시간을 보냈다.

귀국 전 2박 3일 일정으로 그랜드캐니언(Grand Canyon)과 라스베가스(Las Vegas)를 방문하였다. 아침 일찍 LA를 출발하여 끝이 보이지 않는 모하비 사막(Mojave Desert)을 가로질러 콜로라도(Colorado) 강가 휴양도시 라플린(Laughlin)에서 1박 후 다음날 오후에 그랜드캐니언에 도착하였다. 끝없이 펼쳐진 광활한 대지와 접한 그랜드캐니언의 모습은 감동 그 자체였다. 그랜드캐니언은 미국 애리조나주 콜로라도 강이 콜로라도 고원을 가로질러 흐르는 곳에 형성된 대협곡이다. 길이 447㎞, 너비 6~30㎞, 깊이는 1,500m로 폭이 넓고 깊은 협곡은 불가사의한 경관을 보여준다. 깎아지는 듯한 절벽, 다채로운 색상의 단층, 높이 솟은 바위산과 형형색색의 기암괴석, 도도히 흘러가는 콜로라도 강이 어우러져 연출하는 장엄한 파노라마에 우리 모두는 외마디 탄성과 함께 숙연해 질 수 밖에 없었다.

마지막 일정은 사막에 핀 꽃 라스베이거스였다. 어스름이 내려앉자

도시는 감춰둔 속살을 보여주기 시작했다. 형형색색의 야경은 보는 사람을 신비의 세계로 안내했고, 도시 곳곳에서 펼쳐지는 다채로운 쇼는 사람의 마음을 요동치게 만들기에 충분했다. 특히 거리 천장에 설치된 1,250만 개의 LED를 이용한 멀티미디어쇼는 라스베이거스 건립 100주년을 기념하기 위해 시작되었는데, 자랑스럽게도 그 시스템을 LG가 구축하였다고 하여 민족적 자부심을 느낄 수 있었다.

(5) 일정을 도와준 고마운 분들

9박 10일 문화체험 기간 동안 감사한 분들이 많았다. 전체적 일정 조율과 편의 제공에 힘써주신 글렌데일시 이창엽 회장님, 동향 출신이라는 이유로 학생 모두에게 안경과 선글라스를 선물하신 금강안경원 이복미 사장님, 학생들에게 맛있는 식사를 제공한 PAVA World 관계자와 학부모님, 보은군과 우호협력(MOU)를 체결하고 방문단 지원에 힘써주신 최재현 회장님을 비롯한 LA민주평화통일위원회 관계자 여러분, 마지막으로 이런 기회를 만들어주며 언젠가는 반기문 UN사무총장과 같은 인물을 배출하기 위하여 인재양성을 위해 힘쓰시고 계시는 정상혁 군수님, 김흥렬 교육장님, 김영미 교장선생님, 모든 일정을 준비하느라 고생한 조인형님에게 다시 한 번 지면을 빌려 감사드린다.

[2] 10일간의 미국문화 체험기

(2013. 1. 15 ～ 1. 24)

회인중학교 교사 유진영

나는 보은군에서 보은군 관내 중2 학생들에게 미국 문화체험의 기회를 제공하는 '2012년 중학생 미국 선진문화체험'의 인솔교사로 동행하게 되었다.

나는 2013년 1월 15일 보은의 각 중학교에서 선발된 10명의 학생들과 정상혁 군수님의 인솔하에 10일간의 미국 선진문화체험을 위해 인천국제공항을 출발하였다. 11시간의 긴 비행 후에 LA국제공항에 도착한 시간은 출발시간보다 앞선 1월 15일 아침 9시였다. 대부분의 학생들이 해외여행이 처음이었기에 입국심사에서 긴장된 모습을 보였지만, 예상치 못한 질문에도 차분하게 잘 대답해 무난하게 입국심사대를 통과하였다.

공항에서 1시간 정도 버스를 타고 LA 한인타운에 있는 호텔에 짐을 풀고 LA에 있는 한국일보와 중앙일보, 그리고 tvK방송국을 방문하였다. LA에는 한국인이 대략 100만 명 정도 거주하고 있어 한국교민들을 위한

신문사와 방송국이 있었다. 보은군이 2012년 7월 미국 글렌데일시 로즈먼트중학교와 교류협약을 체결하여 한·미 학

생들이 서로의 학교를 방문해 수업에 참여하는 이 교환프로그램에 대해 많은 관심과 호의를 보이며 군수님과 학생들을 인터뷰해 그 내용이 방송과 신문에 소개되었다.

둘째 날부터 3일 동안은 LA시 한인타운에서 버스로 한 시간 정도 떨어진 글렌데일시의 로즈먼트중학교에서 수업참관이 있었다. 아침 일찍 도착한 우리를 여자 교장선생님이 반갑게 맞이해 주며 학교 곳곳을 소개해 주었다. 로즈먼트중학교 교육과정은 크게 영어, 수학, 과학 같은 필수과목, 드라마, 제2외국어 같은 선택과목, 농구, 취미활동 같은 방과 후 수업으로 이루어져 우리나라와 크게 다르진 않았지만, 매일 체육수업을 하는 것과 오후 3시면 모든 수업이 끝나는 것이 인상적이었다. 이 학교는 학업성적이 뛰어난 학교에 수여되는 블루리본을 받은 우수한 학교로 한국계 학생이 30%가 넘었다. 우리 학생들은 로즈먼트중학생들과 짝을 이루어 수업에 직접 참여하였다. 영어가 부족해 미국 역사 같은 어려운 과목도 있었지만, 수학은 우리나라보다 훨씬 쉽다며 우쭐해 하기도 했다. 함께 수업을 받고, 점심을 먹고, 사진을 찍고, 많은 이야기를 나누며 금방 미국학생들, 그리고 한국계 미국인 학생들과 친구가 되었고 영어수업에도 빨리 적응해 가는 우리아이들의 모습이 정말 자랑스러웠고 대견스러웠다.

한편 우리 학생들은 학교가 끝난 후에는 정군수님이 이미 충청향우회와 한인회에 부탁하여 협의된 한국인 교포 가정에서 홈스테이를 하였다. 홈스테이를 제공한 고마운 분들은 바로 서상석 LA북부한인회장, 서영석 라 크레센타 시의원, 서재두씨, 최미경씨 가정이었다. 이분들은 미국에서도 성공한 가정으로 수영장이 있는 저택 수준이었다. 주인들 모두 한국에 대한 사랑이 깊고 친절한 분들이라 숙식을 제공하고, 학교를 오고가는 일 뿐만 아니라 미국 생활에 대한 많은 것을 들려주고 보여주면서 여러 가지를 경험하게 하기 위해 노력하였다. 짧은 기간이었지만 헤어질 때는 정이 들고 고마운 마음에 한국에서 준비해간 선물과 편지를 주었다. 어떤 학생은 다음에 미국에 유학오면 양아들, 양딸이 되어 홈스테이 가정에서 지내겠다는 야무진 말을 하기도 했다. 홈스테이는 미국인 가정보다는 한인동포 가정에 하는 것이 그들이 수십 년 전 맨 몸으로 와서 만난을 극복하고 오늘 성공하기까지 좋은 경험담을 들을 수 있어 좋다는 것을 알았다.

미국에 온 둘째 날 군수님은 학교를 다녀온 후 글렌데일시 프랭크 퀸테로 시장을 만났다. 이 자리에는 로라 프리드만 전 글렌데일 시장과 글렌데일시 도시계획위원장으로 일하고 있는 이창엽 씨가 동석하였다. 서로의 현안사업에 대해 많은 이야기를 나누며 보은군과 글렌데일시의 우호를 돈독히 하는 시간을 가졌다. 퀸테로 시장은 많은 일본인들의 항의에도 불구하고, 지난해 7월 30일을 '한국 일본군 위안부의 날'로 지정한 분인데, 이 날 일본인들의 악랄한 식민통치에 대한 군수님의 어린 시절 가슴 아픈 생생한 경험담을 듣던 중, 그동안 한인단체의 숙원사업이었던 '위안부의 날' 기념비 건립을 글렌데일시 공원에 하도록 결정해 주었고, 시장님은 즉석에서 글렌데일 시청에 단 하나뿐인 대형동판에 그 지역에서 생산된 돌조각을 붙여서 만든 도시 씰(city seal)을 보은군에 주겠다고 약속 하였다. "한국은 물론 세계 각국에 자매결연도시가 10여 곳인데 보은군에 주기로 한 것은 대단한 일"이라고 동석한 관계자들은 말했다.

시골 학생들이 미국 중학교 수업에 들어가 며칠 동안 함께 어우러져 생활을 하면서 우리 학생들이 기죽지 않고 명랑하게 적응하는 것을 보면서 군수님과 나는 우리 학생들의 새로운 가능성을 발견하였다.

로즈먼트중학교 수업참관이 끝난 후 군수님은 귀국하고 우리들은 1월 19일 부터 미국 서부지역 문화체험에 나섰다. 아침 일찍 멕시코인이 운전하는 커다란 56인승 버스를 타고 LA도시를 벗어나 4시간 동안 캘리포니아 풍치 사막지역인 모하비 사막을 달렸다. 사막이라고는 하지만 하얗고 노란 식물들이 듬성듬성 있는 굵은 모래사막이었다. 캘리포니아 철도 교통중심지인 바스토우에서 점심을 먹고 칼리코 마을을 돌아보았다. 이곳은 서부개척시대인 1890년대에 금과 은을 찾기 위해 온 사람들이 만든 은광 촌으로 지금은 폐광이 되어 아무도 살지 않아 유령 마을이라고 불리지만, 이름과는 달리 미국 서부 영화 속에 들어간 것처럼 미국 개척시대의 생활과 역사를 생생하게 느낄 수 있었다. 칼리코 마을을 돌아보고 다시 또 계속되는 모하비 사막을 지나 콜로라도 강이 흐르는 휴양도시 리플린에서 밤을 보냈다.

다음 날은 그랜드캐년 국립공원을 가기 위해, 새벽 4시에 출발하여 4시간 동안 버스를 탔다. 그랜드캐년 국립공원은 해발 2000m가 넘는 곳으로 한낮에도 영하 25° C까지 내려가는 다른 사막지역과는 달리 한국의 겨울만큼 매우 추웠다. 새벽 이른 시간에 출발해 피곤함에 버스에서 잠을 자다가 내린 우리들은 너무 추운 날씨에 깜짝 놀라 정신이 확 들었다. 영국의 BBC 방송국이 선정한 죽기 전에 가봐야 할 곳 100개 중 그 첫째인 그랜드캐년은 그 웅장함과 아름다움을 말로 표현할 수가 없었다. 우리는 끝이 보이지 않는 절벽과 계곡을 내려다보며, 자연의 위대

함 앞에 인간이 얼마나 작은 존재인가 하는 숙연한 마음이 들었다. 인간의 힘이 아니라 신만이 만들 수 있는 천태만상의 조각품 같은 아름다움을 넘어 참으로 신비의 절경이었다.

아이맥스 영화관에서 그랜드캐년에 관한 다큐멘터리 영화를 보고, 다시 4시간동안 사막을 달려 도박 휴양도시로 이름 높은 라스베이거스에 갔다. 저녁을 먹고 라스베이거스 시내야경을 관광하였다. 이 도시는 다양한 양식의 대형 특급호텔로 이루어져 있는데, 에펠탑, 뉴욕거리, 베네치아 등 세계의 여러 도시나 구조물들을 그대로 모방하여 만들어 많은 볼거리를 제공하였다. 라스베이거스 거리는 반짝이는 조명들로 너무나 화려했고 많은 관광객들로 거리가 혼잡했다. 거리를 걸으면서 1200만 개의 전구를 이용한 전자쇼, 음악과 함께 호수에서 펼쳐지는 분수쇼, 뮤지컬 형식의 해적쇼 등을 차례로 보았다. 거의 세 시간이나 돌아다닌 우리는 배가 고파 맥도널드햄버거 가게에 들러 햄버거를 먹고 호텔에 들어갔다.

다음 날 1월 21일은 아침부터 계속 버스를 타고 오후 4시가 돼서야 LA로 다시 돌아왔다. 짐을 풀고 한인타운에 있는 금강안경점에 갔다. 이복미 여사장님은 보은이 고향인데, 지난해 7월 보은 학생들이 미국에 온다는 얘기를 듣고 학생들에게 안경을 해주기로 군수님과 약속을 했었다. 10명의 학생 중 안경을 쓰는 학생들 4명과 나는 안경을, 나머지 7명에게는 선글라스를 해주셨다. 한국과는 달리 의사가 직접 한명씩 검안을 해야만 하여 안경을 맞추는데 많은 시간이 걸렸지만, 우리는 뜻밖의 선물에 기분이 들떠 서로 안경테를 골라주며 즐거운 시간을 보냈다. 같은 고향이라는 것 때문에 비싼 안경을 무료로 해주시는 여사장님의 마음에 눈물이 날만큼 가슴 뭉클했고 너무 고마웠다. 숙소로 돌아오는 길에는 할리우드에 들러 영화배우들의 이름을 새겨놓은 스타의 거리를 걸으며 이국적인 밤의 정취를 맛보았다.

미국에서의 마지막 날인 22일에는 학생들이 가장 학수고대했던 디즈니랜드에 갔다. LA시에서 한 시간 정도 떨어진 곳에 위치한 디즈니랜드는 '어린이에게 꿈과 희망을'이라는 모토로 1953년에 세워진 곳으로 에버랜드보다 좀 더 아기자기한 동화적인 느낌이 강했다. 학생들은 자유이용권을 받아 원하는 대로 실컷 놀이기구를 탔다. 사람들은 에버랜드만큼이나 많았지만 예약시스템이 있어 오랫동안 기다리지 않고 많은 놀이기구를 탈 수 있었다. 놀이기구 외에도 퍼레이드와, 작은 공연들이 있어 볼거리가 참 많았다. 학생들은 너무 신나게 놀아서인지 돌아오는 차안에서 모두가 곯아 떨어졌다.

이렇게 미국에서의 체험학습이 끝났다. 하루하루가 가는 것을 아까워하며 보낸 8박 10일이라는 시간이 그 어떤 시간보다 빠르게 지나갔다. 이 기간 동안 미국의 학교와 미국문화와 자연을 직접 눈으로 보고, 귀로 들으면서 미국에 대해 배울 수 있었고, 무엇보다도 학생들이 또래의 미국인 친구를 사귈 수 있었던 것은 돈으로도 살 수 없는 소중한 경험이었다. 또한 시골에서 온 우리들을 번갈아 가며 식사에 초대해 따뜻하게 환대해 주었던 LA에 계신 여러 한인단체 분들, 홈스테이 가족들, 안경점…. 이 좋은 분들과의 만남도 잊지 못할 소중한 추억이다. 같은 한국인이라는 이유로 과분한 호의를 받은 우리들은 그분들의 베풂과 나라사랑에 대해 많은 것을 배웠다. 이곳에서 많은 것을 보고 느낀 학생들은 전보다 생각은 더 넓고 깊어졌으며, 꿈은 한결 더 커져 있었다.

정군수님이 "이 중에 반기문 UN 사무총장 같은 글로벌 리더가 나오지 말라는 법이 있나? 반드시 나올 걸로 나는 믿고 있다."는 말씀을 나 또한 믿는다.

LA에서 마당발로 통하는 정군수님은 한인동포 사회지도자 그룹의 참으로 많은 인물들을 알고 있음에 놀랐다. 군수님의 열정은 보은군내뿐 아니라 LA에서도 뚜렷하게 인정받고 있었다.

정군수님의 말 한마디로 모든 것이 거침없이 일사분란하게 진행되었다. 대한민국 어느 시장·군수가 지역 미래인재 양성을 위하여 앞장서서 노력을 하는 이가 있는가? 보은군은 행복하다.

보은에 도착하니 LNG 발전소 유치반대 주민소환 현수막이 붙은 것을 보고 정군수님 마음이 얼마나 아플까 참으로 안타깝다. 언제인가 군수님의 뜻을 이해할 날이 올 것이라고 믿는다.

이곳에서 보낸 10일은 나를 비롯해 우리 학생들에게 평생 간직하고픈 소중한 선물과도 같다. 두고두고 마음속에 간직했다가 살면서 지치거나 힘든 순간이 올 때, 이 행복했던 시간들을 꺼내어 떠올릴 것이다. 그리고 힘을 내어 그때 꿈꾸었던 꿈과 희망을 향해 꾸준히 나아갈 것이다. 미국에서 많은 것을 듣고, 보고, 느끼며 온몸으로 체험할 수 있도록, 그리고 학생들이 큰 꿈을 꿀 수 있도록 소중한 기회를 마련해 주신 군수님과 보은군에 감사를 드린다.

또 고마운 분들이 있는데 청주 MBC 이승재 PD와 허성대 촬영기자 두 분이 미국까지 와서 충북 도내 유일한 보은군 중학생 미국 문화체험을 다큐멘터리로 제작·방영하려고 고생하신데 대하여 진심어린 감사를 드리고 싶다.

[3] 10명의 학생들과 10일간의 미국문화 체험기

(2011. 8. 1 ∼ 8. 10)

보은여자중학교 교사 지용희

지난 8월 1일 보은군 관내 5개 중학교 2학년 학생 10명과 정상혁 보은 군수, 임헌용 비서실장과 10일간의 일정으로 미국을 다녀왔다.

이번 방문은 보은군이 지역인재 양성사업의 일환으로, 청소년들이 미 국의 선진문화체험을 통해서 견문을 넓히고 세계를 무대로 큰 꿈과 포 부를 갖게 하기 위해 마련되었다. 대상학생 선발은 군청에서 보은교육 지원청에 의뢰하여 각 학교별로 성적 품행 등을 기준으로 선정되었다.

경비는 왕복항공료를 보은군에서 부담하고 보은군민장학회에서 학 생 1인당 100만원씩 지원하였고, 미국체류 기간중 비용은 충청향우회 최재현 전 회장, 이상주 전 회장, 인랜드 교회 최병수 목사 및 보은이 고향인 김정 장로 등 여러 성도들의 도움으로 이루어졌다.

이번 미국 방문성과는 다섯 가지를 꼽을 수 있다.

첫째, LA 소재 Glendale Community College에 보은군 학생이 입학할 수 있는 협약을 2012년 3월중 이창엽 한인타운 개발위원회 위원장이 대 학총장, 시장과 같이 한국을 방문하여 보은에서 체결하기로 하였다. 이 대학은 연간 등록금이 500만원 정도로 다른 사립대학 연간 등록금 5천 만원 내외와 비교하면 아주 저렴하며 현재 기숙사 건립을 추진하고 있 어 경제적 부담이 적다. 또 2년간 College 성적에 따라 세계적 명문 UC Berkely, UCLA 등의 대학교 편입이 가능하여 세계적 인재들과 어깨를 나란히 할 수 있다는 장점이 있다. 이 협약이 체결되면 2013년부터 보은출신 고교졸업자의 입학이 가능하게 된다.

둘째, 성공회 재단 고영덕 신부를 만나 재단에서 운영하는 St. James Elementary school과 보은관내 초등학교 간 자매결연을 맺어 양교 관계자와 학생들의 홈-스테이 프로그램을 추진하기로 하였다. (LA 충청향우회 이상주 전 회장이 추진) 홈-스테이 프로그램이 운영되면 관내 초등학교 학생들의 미국방문 및 영어학습능력 향상이 기대되며 LA 명문 사립초등학교의 Summer school program 에도 참여할 수 있게 된다.

셋째, LA 충청향우회의 도움으로 그동안 충남북, 대전 3개 시도에서 난치병환자 250여 명을 LA슈라이너 병원에서 무상치료를 하였는데 (보은군내 10여 명이 이미 치료받은 바 있음) 앞으로 보은군에서 계속 환자를 보내면 우선 치료해 주기로 역대 회장단과 충분한 논의가 있었다. 대상은 충북대 의대 이영성 교수와 미국 병원간 화상진단을 통하여 확정된 자로서 18세 미만 남녀로 비정상 귀, 곱추병, 언청이, 화상, 안짱다리 수술 등이며 대상자는 보은군에 신청하면 군청에서 모든 절차를 추진한다고 한다.

넷째, LA, 소재 3개 도시 중 하나와 자매결연을 추진하되 가급적 한국 지자체와 자매결연을 하지 않은 도시로 하고 이상주 전 회장, 최재현 전 회장, 이창엽 위원장 등의 도움으로 협의, 추진하기로 하였다. 미국의 도시와 자매결연을 맺게 되면 교육뿐 아니라 경제적인 면에서도 활발한 교류가 예상된다.

다섯째, 정상혁 군수님과 LA 충청향우회 및 인랜드교회 관계자들의 노력으로 참가 학생들의 글로벌 인재를 향한 다양한 경험들이다. 이 경험들이 훗날 '제2의 반기문'으로 자라는데 밑거름이 될 것이라 믿어 의심치 않는다.

일정별 구체적 내용은 다음과 같다.

(1) 8월 1일에 출발하여 11시간 반 정도의 시차로 도착해 보니 다시 8월 1일 12시경이었다. 우리 일행은 먼저 LA 한국일보, 중앙일보를 방문하여 이번 미국 방문의 목적과 기대에 대해 인터뷰를 하였는데 다음날 아침 현지 신문에 실리게 되었다. 미국 내 교포들께 신고식을 한 셈이었다. 나중에 들으니 이 신문 보도를 본 충북출신 교포들의 격려전화와 식사접대 제의도 많이 들어왔다고 하였다.

인랜드 교회에 도착하여 최병수 목사님과 보은읍 출신 김정 장로님이 적극적으로 나서서 일행 13명을 5개 교포가정으로 숙소를 정해 주셨고 이들 각 가정에서는 친가족처럼 사랑과 관심으로 돌봐 주셨다. 특히 아침 저녁으로 먼 거리를 달려 픽업해 주시느라 고생하셨는데 이 지면을 빌어 진심으로 감사한 마음을 전하고 싶다. 넓은 지역이라 고속도로로 왕복 1시간 이상 걸리는 가정도 있었는데 마다하지 않고 즐거운 마음으로 응해주셔서 그 고마움은 어떤 말로 표현하더라도 모자랄 듯 싶다. 특히 이랜드교회 권사 회의가 중심이 되어 저녁식사를 갈비 등 한국식으로 진수성찬을 마련해 주셨다.

(2) 8월 2일. 오전 일찍 김정 장로님을 비롯한 4분이 경비를 부담하여 준비해 주신 2박3일 미국 서부관광에 나섰다. 미서부 교통의 요지인

Barstow를 거쳐 저녁에 LasVegas에 도착 호화로운 시내 야경을 관광하였으며 LG전자의 기술력으로 만든 전자쇼를 보며 세계 속의 한국, 자랑스러운 한국인의 벅찬 감동을 느꼈다.

(3) 8월 3일. 새벽 5시경 출발하여 그랜드캐년에 도착, 경비행기를 타며 자연이 빚어준 기적을 감상하였다. 경비행기가 무서워 타지 않고 IMAX영화를 보는 사람도 있었지만 우리는 직접 경비행기를 타고 가까이서 아찔한 함성을 지르며 넓고 넓은 대협곡의 아름다움을 만끽할 수 있었다. 그랜드캐년은 애리조나주 북부에 있는 대협곡으로 국립공원으로 지정되었고 1979년에 세계문화유산으로 등록되었다고 한다. 기원은 약 7000만년 전 지구의 지각변동에 의해 형성된 것으로 보고 약 4000만년 전에 콜로라도 강에 의한 침식이 진행되어 약 200만년 전쯤에 현재와 같은 모습이 되었단다. 지금도 침식은 진행 중에 있으며 평균 깊이는 약 1200m, 길이는 446km, 폭은 6km 내지 29km에 이르고 가장 깊은 곳은 1.8km나 된다. 그렇게 어마어마한 곳을 개발 초기에는 말이나 당나귀로 탐험을 했다고 하니 미 서부 개척시대의 진취적 기상을 조금이나마 상상해볼 수 있었다.

저녁에는 콜라라도 강변의 휴양도시 Laghlin에 도착하여 섭씨 46도씨나 되는 기후를 직접 경험해 볼 수도 있었다. Laghlin은 Laghlin이라고 하는 사람이 실버타운 정도로 만든 도시라고 하는데 그랜드캐년에 흐르던 누렇고 초록색이던 콜로라도 강물을 인공적으로 정화해서 맑은 콜로라도강물을 볼 수 있었고, 그 강물을 이용하여 건초 등을 이모작으로 농사짓는 모습도 그 주변에서는 볼 수 있었다. 우리가 묵었던 숙소의 에어컨 난방이 너무 추워 밖에 잠깐이라도 나올라치면 5분도 안 되어 찜질방 같은 숨이 막힐 것 같은 열기를 느낄 수 있었다. 애리조나주를 상징하는 기념품에는 유난히 태양을 의인화한 작품이 많은데 그 이유를 충분히 알 것 같았다. 그 뜨거운 태양과 기후와 척박한 자연환경을 사람의 힘으로 극복하고 가꾸며 살아가는 사람들의 저력을 볼 수 있었다.

(4) 8월 4일. LA로 돌아오는 길에 Calico라는 과거 은광촌으로 유명한 광산촌에 잠깐 들렀다. 120년 전인 1890년까지만 해도 약 3500명의 광부들이 은을 캐며 살던 곳인데 1896년 은값이 절반으로 떨어지면서 쇠퇴하여 마치 유령이 사는 황폐한 마을로 변하여 유령도시라는 별명도 가지고 있는 곳이었다. 그 유령도시를 민속촌처럼 그 옛날의 시설과 유품들을 복원하고 전시하여 관광수입을 올리는 제2의 전성기를 맞고 있었다. 옛날 서부영화에서나 나올법한 sheriff의 사무실이나 이발소, 사탕가게 등을 둘러보며 서부영화 속의 장면들을 떠올려 보기도 하는 즐거운 시간을 가졌다. 이 Calico로 들어가는 길 왼쪽 멀리 외딴집에 미국 성조기 밑에 태극기가 펄럭이고 있는데 그 집 주인이 6.25 한국전쟁에 참전한 미군이라고 한다. 한국 관광객들이 많이 오고가니까 한국 사람을 사랑하는 마음에 태극기를 같이 걸어 놓았다는데 미국에는 나이드신 어른들 중 한국전쟁에 참전하신 분들이 애정을 갖고 한국인들을 대해 주는 모습을 심심찮게 볼 수 있었다. 그분들의 숭고한 희생이 있었기에 오늘의 한국이 있게 된 것이라 생각하니 마음이 절로 숙연해졌다.

오후, 예정보다 LA에 일찍 도착하였기에 Griffith Park 와 Hollywood

Star Street을 잠깐 들르기로 했다. Griffith Park는 나무가 많은 커다란 숲이었다. LA시의 산소를 공급해주는 역할을 하여 가족 단위의 쉼터이 기도 하며 Griffith 천문대도 있어서 학생들은 우주와 과학에 관심을 가 질 수 있는 과학의 장(場)이기도 했다.

Hollywood Star Street에는 헐리웃스타의 이름과 싸인이 거리 바닥에 있어 전 세계에서 온 관광객들이 사진을 찍느라 그야말로 북새통이었 다. 헐리웃의 유명한 시상식이 있을 때는 한 달 전부터 그 넓은 거리를 차량을 통제하고 거리를 단장하는 준비를 한다고 한다.

저녁에는 남가주 LA충청향우회 이내운 회장 등 역대 충청향우회 회 장들 전원이 환영해 주었다. 특히 보은 삼승 출신인 '조선한방' 최창렬 원장님께서 고향후배들이 와서 반갑다며 만찬비용 전액을 부담하셨다. 고향이 충청도라고 융숭한 대접과 진심에서 우러나오는 환영을 받고 학생들에게 '너희들도 꼭 훌륭한 사람이 되어 갚아야 한다' 는 당부를 했다.

(5) 8월 5일. LA시 의회로부터 오전9시까지 Van nuys에 있는 Civic Center에 오라는 연락이 왔다. 의회에서 LA를 빛낼 만한 공로가 있는 사람에게 환영의 증서를 주는 의식이 있는데 우리 군수님이 그것을 받 게 되었다는 것이다. 원래는 LA시내에 있는 Civic Center에서 의회가 열 리지만 한 달에 한번 LA시 주변에 있는 Van nuys라는 곳에서 의회를 여 는 날이라 그곳으로 가게 되었다. 우리 앞 순서에 있던 사람은 라틴계 출신으로 미국에서 유명한 가수로 활동하며 모국을 빛내었기에 증서를 받는데 기자들과 방송국 플래쉬를 집중적으로 받았다. 얼마 전 피겨선

수 김연아도 의회로부터 8월 7일 '김연아의 날'로 선포되면서 명예시민증을 받기도 하였다고 한다. LA시의원이 보은군 정상혁 군수가, 조그만 시골군에서 어려운 재정에도 학생들을 지역 발전시킬 미래의 인재로 키우기 위해 직접 인솔하여 미국을 방문하는, 귀감이 될 만한 훌륭한 일을 하였으니 진심으로 환영하고 방문 증서를 줄 것을 의장에게 건의한다는 설명이 있었다. LA시의회 Zine의장이 증서를 읽고 전달하자 주변에서 박수와 플래쉬가 터졌다. 군수님은 인사말에서 "의장님이 나에게 주신 이 영예는 나 개인 한 사람의 영광이 아니고 한국에 있는 보은 군민 모두의 영광이라고 생각합니다."라고 감사의 뜻을 전했다. 우리 학생들도 미국의 의회 장면을 접하고 기념사진도 촬영하는 등 단순히 관광만이 아닌 다양한 체험을 할 수 있게 되어 뜻 깊은 방문이라 생각되었다.

점심엔 캘리포니아 주에만 있다는 유명한 IN-N-OUT이라는 햄버거 패스트푸드점에 들렀다. 얼리지 않은 신선한 고기를 사용한 패티와 싱싱한 야채를 넣어 만든 햄버거는 현지인들은 물론 햄버거를 그다지 좋아하지 않는 필자도 맛있게 먹을 수 있었다. 이상주 회장님이 10달러짜리 지폐를 학생들에게 한 장씩 주시면서 직접 주문해서 먹어보는 체험도 할 수 있게 하셨는데 교육적인 마음 씀씀이에 고개가 절로 숙여졌다. 간단한 주문인데도 현지인들의 영어 발음이나 그 빠르기에 적응하기가 쉽지 않아 잠깐 긴장된 순간이기도 하였다.

오후엔 정군수님과 잘 아는 사이인 성공회 재단 St. James Episcopal school 고영덕 신부님을 만나 지은 지 백년이 넘었다는 St. James Church 내부를 구경하고 초등학교를 방문하였다. 이 명문 사립학교에 한국인이 거의 없었다가 한국인 고신부님이 오시면서 한국인 학생이 많이 늘었고 지금은 학부모 회장도 한국인 교포분이 맡고 있다고 했다. 이어 Havard-Westlake school에 갔는데 중학교인 이 학교는 미국 서부에서는 최고라고 할 만한 명문이라고 했다. 작년 속리산에 왔었다는 교포학생 2명이 와서 학교 소개도 하고 영어로 우리 학생들과 대화를 나누기도 하였다. 우리 학생들은 미국인 친구를 사귀고 싶어 했는데 밖에 있던 그 학교 학생들과 펜팔을 위해 이메일 주소를 교환하기도 하였다. 학생들이라 그런지 학교 방문을 가장 흥미로워했던 것 같다. Upper school이라고 하는 Havard-Westlake High school에도 갔었는데 그 학교는 졸업생의 99%가 Ivy League 등 미국내 순위 50대 대학교에 진학하는 명문 고등학교라고 했다. 그 중에서도 한국계 등 아시안계가 성적 상위권에 있다고 했다. 가는 곳마다 한국계 학생들이 공부를 잘 한다는 말을 많이 들었는데 괜히 어깨가 으쓱해지는 기분이 들었다. 나중에 들으니 이날 고신부님과 이상주회장님, 정 군수님과 학생교류에 관한 원칙적인 합의가 있었다고 한다.

미국 학교를 돌아보고 한국 교육과 미국 교육의 근본적인 차이점이 있다는 것을 알았다. 한국은 선생님이 학생들을 끌고 가는 교육이라면 미국은 학생들이 스스로 공부하면서 모자란 부분을 선생님에게 도움을 받는 교육이었다. 미국은 한 반이 20~25명인데 4~5명씩 분단을 구성하고 분단별로 각자가 오늘 배울 부분의 예습 해온 것을 가지고 서로 토론한다. 일정시간 동안 토론이 끝나면 각 분단별로 1명씩 발표를 한다. 이때 타 분단 학생들로부터 질문을 받고 대답도 한다. 각 분단의 발표와 질의가 끝나면 선생님은 각 분단별로 부족한 부분을 지적하고 보충설명을 해주고 또 잘된 부분을 칭찬해준다. 그래서 학생들은 예습을 안 해갈 수 없고 분단별로 토론에 각자 의견을 제시해야 하므로 졸거나 딴전을 피울 수가 없다. 열외가 될 수가 없다. 학생들 모두가 참여하게 되고 각자가 자기공부를 하게 된다. 미국 학생들은 자기 자신을 위한 자기공부를 한다. 공부는 선생님을 위한 공부가 아니고 내가 하는 나를 위한 공부이니까 열심히 하지 않으면 내 손해라는 걸 안다. 토론은 자기 의견을 발표하고 내 의견, 내 지식이 맞는가? 틀리는가? 를 타 학생들로부터 냉정한 평가를 받는다. 선생님 혼자 열 내서 교육이 되는 건 아니다. 상대인 학생의 자진 참여 없는 교육은 공염불이다. 미국은 초등, 중등, 고등, 대학까지 토론을 통한 공부를 한다. 발표하고 대답하는 가운데 스스로 알게 되고 깨닫게 된다. 그리고 머릿속에 들어있어도 말로 표현하지 못하는 지식은 반 조각 지식이다. 합리적으로 생각하고 논리적으로 말해야 상대방과 대화가 되고 설득이 되어 공감대 형성으로 합의를 도출해 냄으로써 성과가 나타나게 된다. 토론은 곧 성공하는 기초요건을 갖춘 인격자가 되는 첫걸음이다. 학생이 학교가라니까 가고, 공부하라니까 하고, 자기 없는 피동적 자세로는 무능력자만 양산하는 학교 교육이 될 수밖에 없다. 학부모, 교사, 학생, 국가교육정책까지 크게 변화하지 않으면 현행 우리교육은 너무 손실이 많은 알맹이 수확이 적은 교육이 될 우려가 있는 것 같다. 실례로, 이번 미국 방문에 참여한 학생들은 보은관내 중학교에서 상위권 학생들을 선발하였으나 앞에 나서서 발표하기를 꺼려하고 설령 앞에 나서서 발표할 때도 자신감 없이 누가 대답하라고 시킨 것만 그대로 읊어대는 경우가 있었다. 교사로서 민망한 상황도 있었고 주체성 있고 자발적이고 적극적인 참여가 조금

부족하다는 생각이 많이 들었다. 이는 우리 교육에서 글로벌 인재 양성을 위해서 반드시 풀어가야 하는 문제인 것 같다.

저녁엔 Universal Studio가 있는 Universal City에 갔는데 세계에서 온 관광객들과 함께 어울려 야외 공연을 즐기기도 하였다. 이상주 회장님이 이탈리안 레스토랑에서 맛있는 피자와 파스타, 스파게티를 사 주셨는데 학생들 입맛에 잘 맞지 않았는지 음식을 많이 남기게 되어 아쉽기도 하였다. 세계를 직접 여행하는 것도 중요하지만 각국의 음식에 대해서도 열린 마음으로 탐구하고 받아들일 필요가 있다는 생각이 들었다.

(6) 8월 6일. 교회에서 아침 일찍 출발하여 Riverside city에 갔다. 이곳에는 도산 안창호선생의 동상이 있었는데 인도의 간디, 남아프리카의 마틴 루터 킹 목사의 동상과 나란히 세워져 있었다. Riverside는 오렌지가 유명한 농작물인데 안창호 선생이 그 옛날 독립운동을 하실 때 오렌지 농장의 노동자로 일하셨다고 한다. 오렌지 하나도 정성을 다해 따는 것이 애국의 길이라고 하셨다 하니 선생의 신실하고 숭고한 마음을 느낄 수 있었다. 먼 이국땅에서 조국의 독립을 위해 우뚝 서 계신 도산 안창호 선생을 보며 우리 학생들 또한 역사상 길이 빛낼 훌륭한 인물이 되기를 간절히 희망하였다. 아마 그 간절한 희망을 정 군수님도 가지셨기에 일정 내내 지치지 않고 끊임없이 학생들의 잠재력을 북돋아주시고자 안창호 선생이 서울로 배재중학 입학을 위한 면접시험 때 선교사 선생님과 나눈 일화를 소개하는 등 훌륭한 여러 이야기를 들려주셨던 것 같다. 'I HAVE A DREAM..'이라고 적힌 마틴 루터 킹 목사의 동상 앞에서 군수님은 학생들에게 미래를 향한 꿈을 가져야 한다고 하시며 직

접 사진을 찍어 주시기도 하셨다.

　다시 우리 일행은 광활한 사막지대 평지와 산 위 등 대형 프로펠러가 몇 개인지 셀 수 없을 정도로 많은 Palm Spring 풍력발전소를 방문했다. 사막의 바람 길이라 그런지 금방이라도 넘어질 것만 같이 바람이 세게 부는 곳이었다. 이어서 우리나라 설악산 같은 느낌이 나는 깎아 지르는 절벽으로만 된 Palm Spring 주립공원의 Aerial Tram way에 가서 케이블카를 탔는데 약 9700피트 높이의 5단계 케이블카는 급경사인데도 아찔하게 잘 올라갔다. 정상에서 보니 울창한 숲이 연결된 등산로, 승마장이 있고 아까 봤던 풍력발전소의 대형프로펠러가 마치 일렬로 모를 심어놓은 것 마냥 빼곡히 보이기도 했다. 겨울에 이 공원 정상에 폭설이 쌓이면 경치가 더욱 멋지다고 한다.

　저녁에는 우리 일행을 도와준 충청향우회 임원 및 인랜드교회 관계자분들, 홈스테이를 제공해 주신 분들 30여 명을 초청하여 군수님이 감사의 선물을 드리고 저녁 만찬을 대접하는 자리가 있었다. 이 자리에서 학생들을 홈스테이 해주신 집주인 분들에게 고마운 마음을 전하기도 하였다.

　(7) 8월 7일. 일요일이다. 우리 일행에게 큰 도움을 주신 인랜드교회에서 미국의 예배의식을 체험하기로 하였다. 필자가 묵고 있던 홈스테이 주인분들이 맨 처음 예배를 보기 때문에 7시 30분 예배에 참석하였다. 일요일 아침시간엔 고속도로도 한적하고 교회도 조용하였다. 그 넓은 땅에서 느끼는 고즈넉함이란, 미국 서부 원주민 인디언들이 하늘의 소리에 귀 기울이고 자연의 소리에 마음을 열었을 것 같은 영적인 영감

이 느껴지는 성스런 시간이었다. 조용한 1부 예배를 마치고 아침을 먹었다. 9시 15분에 있는 2부 예배에는 사람도 훨씬 많고 악기를 연주하는 성가대도 인원이 많아 훨씬 경쾌한 분위기로 우리 일행 모두가 참석하였는데 거기서 목사님은 우리 일행들을 소개하셨다. 정상혁 군수님이 일행을 대표하여 인사말씀을 하셨는데 유머러스하면서도 깔끔하여 1000명 가까이 되는 신도분들의 박수를 많이 받았다.

우리 학생들이 보은을 발전시키고 대한민국을 이끌어 갈 큰 인재가 되게 키워달라는 목사님의 간절한 기도에 가슴이 먹먹할 정도로 감동이 있었다. 군수님도 눈물을 흘리시며 가슴이 찡 하셨다고 했다. 인랜드 교회가 속해 있는 Pomona City에서 교회가 미치는 영향력이 막강하여 그 지역 학생들에게 장학금을 지급하는 의식이 있었는데 그 자리에 Elliott Rothman 포모나 시장이 참석하였다. 도착 첫 날 포모나시 방문증서를 우리 일행 모두에게 발급해 준 것에 대한 감사의 표시로 군수님이 인랜드,교회 목사님과 포모나 시장에게 속리산 정이품송이 그려진 낙화를 선물하였다. 천년을 지켜온 이 소나무처럼 포모나시와 인랜드 교회의 무궁한 발전을 기원한다는 인사말과 함께 증정을 하니 포모나 시장이 다소 놀란 듯 떠나는 날 아침 식사에 우리 일행 모두를 초청하였다. 나중에 교포분들에게 들으니 별 것 아닌 것처럼 보이던 시장이 준 방문증서가 미국에서는 가끔 큰 효력을 발휘할 때도 있다는 말을 전해 들었다. 학생들이 유학이나 이민을 올 때, 범죄에 연루되었을 때 등 결정적인 순간에 절차상 편리를 준다는 것이었다. 그런 효력을 가진 증서를 우리 일행 모두에게 준 포모나 시장에게 감사한 마음이 들었다.

오후에는 LA카운티 서부에 있는 세계적인 해안휴양도시 Santa

Monica Beach에 갔다. 마치 각종 비치 스포츠의 종합경기장 같았다. 잔디밭에는 요가 및 각종 martial arts와 댄스를 자연스럽게 즐기고 있고 모래사장에서는 가족단위로 야구를 즐기고 모래사장을 따라 길게 난 도로에는 롤러블레이드, 자전거를 타는 사람들로 북적였다. 연중 덥지도 춥지도 않은 기후, 맑고 푸른 바다에서 밀려오는 파도, 파란하늘, 야자수 등 한 폭의 그림과 같은 풍경이었다. 우물쭈물하던 우리 학생들도 세계 각국의 사람들과 함께 태평양 바닷물에 뛰어들어 파도타기를 즐겼다. 마침 구름이 끼어 있어 수영하기엔 다소 썰렁한 추운 날씨였지만 학생들은 바다에서 맘껏 뛰어놀다가 따뜻한 모래사장에 나와 모래찜질을 하는 등 신나게 즐겼다. 혹시나 감기에 걸릴까봐 걱정을 하였지만 일정 내내 한 번 아프지도 않고 씩씩하게 잘 다닌 학생들에게 정말 감사한 마음이 든다.

(8) 8월 8일. Irvine시의 강석희 시장을 만났다. Irvine은 40년의 역사가 짧은 도시지만 7년째 미국내 범죄율이 가장 낮고 초중고 학군이 좋으며 UC Irvine 등 실력 있는 대학도 있어 미국에서 가장 살기 좋은 도시라고 한다. 녹지대 40% 이상의 깔끔하고 아름다운 Green city이면서 19000개의 기업이 산재해 있어 경제적으로도 풍요하고, 백인이 대다수인 이 도시의 시장이 한국 사람이었다. 강석희 시장은 선거 때 3만 가구를 방문, 유권자를 만나는 등 성실함을 인정받아 재선에도 성공한 분이었다. 대학을 졸업한 24세에 이민을 오셔서 조국에 대한 사랑도 남달라 그 바쁜 와중에도 한 시간 가까이 시간을 할애해 우리 학생들에게 좋은 말씀을 들려 주셨다. 본인이 학생시절 영어 웅변대회에 출전, 입상

한 것이 계기가 되어 영어를 열심히 공부하셨다며 지금부터 영어를 열심히 해 줄 것을 당부하셨다. 창조주가 고르게 나눠주신 재능은 감춰져 있기 때문에 공부뿐 아니라 인성교육도 중요하니 사회봉사 등의 활동도 중요하다며 자신이 가진 자질을 빨리 찾아 개발하는 것이 성공의 비결이라 말씀하셨다. 미국은 모든 이에게 기회를 공평하게 주는 점이 장점이어서 기회의 나라, 가능성이 있는 나라라고도 하셨다. 속리산의 정기를 받아 맑은 정신을 갖고 정진을 하면 세계의 Number One이 될 수 있다고 학생들에게 자기소개를 영어로 해보라고 하시며 자신감을 북돋아 주셨다. 정군수님은 강시장님께 정이품송 낙화를 선물하시며 보은을 방문하실 것을 청하셨고 강시장님도 그러시겠다고 약속하셨다. 시장님은 명단을 보고 학생들 한 명 한 명 이름을 다 불러주시고 배지를 달아주고 명함을 주면서 학생들에게 제 2의 반기문이 되기를 주문하셨다. 아마 학생들에게도 뜻 깊은 방문이 된 것 같다.

오후에는 Anaheim에 있는 디즈니랜드에 갔다. 세계적인 놀이동산인 디즈니랜드와 우리나라에 있는 에버랜드를 비교하며 우리나라도 세계와 경쟁해도 될 만큼 많이 발전했구나하는 생각도 들었다. 물론 규모면에서 디즈니랜드가 월등히 크기도 하였지만 질적인 면에서는 에버랜드도 크게 뒤지지 않을 것 같았기 때문이다.

원래 밤 12시까지 불꽃놀이 등의 일정들을 볼 예정이었지만 홈스테이 주인 분들을 기다리게 하는 것이 너무 죄송하고 짐 싸는 시간도 있어야 할 것 같아 일찍 가자고 할 참이었는데 마침 학생들도 너무 피곤하다며 일찍 가고 싶다고 했다. 돌아가는 길에 이상주 회장님 부부께서 떠나보내기 아쉽다고 저녁을 사 주시었다. 우리는 쇠고기, 돼지고기,

닭고기를 원 없이 실컷 먹으며 또 한 번 감사와 아쉬움의 정을 느낄 수 있었다.

홈스테이로 돌아와 늦었지만 주인집 따님과 영어로 인터뷰를 간단하게 하는 시간을 가졌다. 주인집 따님은 UCLA를 졸업한 인재였지만 최근 미국의 불황 때문에 취업을 하지 못한 상황이었다. 머무는 내내 우리 학생들과 영어로 대화하기를 기다렸지만 너무 밤이 늦기도 하고 영어로 말하기를 쑥스러워하기도 해서 미루기만 했었다. 적어도 같은 집에 머문 세 명의 학생들은 영어로 말하기에 더 높은 목표를 가지고 열심히 할 것 같은 좋은 경험을 하였다. 또한 주인집 내외께도 고마움과 아쉬운 마음을 전하며 작별의 인사를 하였다.

(9) 8월 9일. 드디어 떠나는 날 아침이다. 학생들은 며칠 전부터 "일정이 너무 짧다, 더 머물면 좋겠다" 등 헤어지기 아쉬운 표정이었는데 마지막 일정인 포모나 시장과의 아침 식사를 위해 포모나 시청으로 향했다. 시장은 군수님께 방문 기념패를 주었고 시정 전반에 걸쳐 설명을 하였다. 포모나시 인구는 17만명이고 공무원 수는 1천명, 의원 7명 중 여성이 4명이라고 했다. 시장은 한국에 대해 대단히 우호적이었는데 삼촌이 한국전쟁 때 조종사로 참전, 북한땅에 추락하여 포로가 된 후 석방되어 돌아왔다고 했다. 유태계인 시장은 철저한 종교관과 민족에 대한 자긍심이 대단한 사람이었다. 포모나 시청 방문을 마치고 우리는 LA공항에 도착, 김정 장로님과 백우현 집사님께 열흘간의 일정에 도움 주신 것에 감사를 표하며 작별인사를 하고 귀국길에 올랐다.

이번 보은군 중학생 미국문화 체험은 국내 어느 지자체도 생각하지 못한 보은군만의 특별한 사업이라고 한다. 항공료는 보은군에서 부담한다고는 하지만 10일간 체류하는 비용과 인적, 물적 도움이 필요하기 때문이다. 10일간 총 3500여 km를 13명이 자동차로 움직이는데 차량 2대, 유류대, 자동차 운전자, 비싼 숙박료, 식사대접을 인랜드교회가 지원했고 각종 입장료, 식사 등 기타 비용을 최재현, 이상주 전 충청향우회장외 여러분이 부담해 주셨다. 2박 3일 서부 여행도 김정 장로님을 비롯한 4분의 도움이 있었기에 가능했다. 우리 학생들을 친자식처럼 아끼고 따뜻하게 감싸주시며 미래를 축복해 주시는 여러분들의 보살핌이 있었기에 가능했던 것 같다. 미국은 기부의 문화라더니 교포분들의 아낌없는 사랑과 희생, 사회봉사 활동 모습은 우리 학생들이 본받아야 할 것이고 필자 또한 깊게 반성하며 느낀 점이었다.

일정 내내 일행을 인솔했던 정상혁 군수님은 이동하는 중에도 학생들에게 한 가지라도 더 보여주고 들려주려고 할아버지가 손자들 대하듯 이야기 하시는 모습을 많이 볼 수 있었다. 일정이 힘들어 필자도 이동 중에는 쉬고 싶은 때가 더 많았는데 군수님의 끊임없는 열정으로 학생들을 대하는 모습들을 보고 운전을 해 주시던 백수현 집사님도 "체력이 젊은이들보다 더 좋으신 것 같다. 학생들에게 신경 쓰시는 모습을 보면 자상하시기도 하다."라며 감탄을 하셨다. 돌아오는 길에 군수님은 학생들에게 "미국을 갔다 오는 것으로만 끝나는 것이 아니다. 두 달에 한 번씩 만나서 공부를 잘하고 있는지 확인해 볼 거다. 그러니 열심히 공부해야 한다. 매일 영어단어 10개 외우기로 약속하자"라고 말씀하셨는데, 1회성으로만 끝나는 행사가 아니라 꾸준하게 사후관리를 한다면 보은군에서 반드시 훌륭한 인재가 나올 것은 틀림없을 것 같다.

　미국이라는 거대한 나라를 10일이라는 짧지 않은 일정으로 10명의 남녀 중학생들과 같이 다닌다는 것이 쉽지 않은 일이었지만 그 기간 동안 아무 사고 없이 무탈하게 잘 다녀온 것은 정말 행운이었던 같다. 지역의 인재양성을 위한 군수님의 순수한 열정과 또 미국까지 마당발로 통하는 광범위한 인맥이 있었기에 모든 일이 좋게 잘 풀렸던 것 같아 정상혁 군수님께 깊은 감사와 존경의 마음을 드린다. 아울러 군수님과 우리 일행의 손발이 되어, 보이지 않는 세세한 부분까지 신경 쓰신 동행한 비서실장님, 체류기간 동안 도움 주신 중앙일보 이원영 부장, 김병일 차장, 양승현 본부장, 한인상공회의소 이창엽 위원장, 최재현, 이상주 충청향우회 전 회장, 한국일보 이일표 기자, 길원종 이사, 한수철 대표이사, 이창건 LA북부 한인회장, Irvine 강석희 시장, Elliott Rothman 포모나 시장, 이청광교수, 이내운 남가주 충청향우회장, LA시의회 Zine 의장, Paul Krekorian 의원 Johns 의원, Mitchell Englander의원, 인랜드 한인회 Paul Song회장, 금강안경 Lucia Kim, 백수현, 이차우, 구본, 박구식, 이점선, 신영자, 김형근, 신홍식, 황관성, 류청일, 박승덕, 방상용, 백상철, 최병수, 김정, 충청향우회 역대회장님 등 모든 분들께 머리 숙여 깊은 감사를 드린다.

Part **나의 가족 이야기**

뽕나무집 사람들

1 정승(政丞) 뽕나무

– 선대(先代)로부터 이어받은 정신적 유산

보은군 회인면 쌍암 2리 능암(能岩)마을 고향집에는 심은 지 113년째 접어든 뽕나무 한 그루가 있다. 키가 26m가 훌쩍 넘고 가슴높이 둘레만 2.3m에 달하는 거대한 뽕나무다.

보통 그림동화책에는 커다란 나무와 그 나무에 얽힌 설화가 등장하는 경우가 많다. 우리 고향집 마당에서 자라고 있는 뽕나무에도 그런 소담스런 소망 하나 가 설화처럼 이어져 오고 있다.

그러니까 지금으로부터 110여 년 전. 증조부가 38세 때인 1901년 어느 날, 고향집 사립문 밖에서 누군가가 기웃거리고 있었다. 이 모습을 본 증조부는 조용히 증조할머니에게 밥상을 차리게 했다. 평소 회인군 주민들로부터 도덕군자(道德君子)라 칭송받던 증조부는 성품이 올곧고 어려운 이웃을 외면하지 못하던 터라, 혹시 거지가 왔나 싶어 밥 한 끼라도 챙겨 먹이려 했던 것이었다.

그런데 사립문 밖으로 나가 보니, 웬 노스님 한 분이 마당 안을 들여다보며 혼자 중얼거리고 있는 것이 아닌가.

"저기 저 곳에 뽕나무를 심으면 100년 후에 정승이 나올 텐데……."

증조부는 그 스님의 말이 하도 이상하여 나지막한 소리로 되물어 보았다.

"스님, 그게 무슨 말입니까? 정말 뽕나무를 심으면 후손 중에 정승이

나옵니까?"

노스님은 고개를 들어 먼 산을 바라보더니 선문답을 하듯 한마디를 더 던졌다.

"그렇다네. 중국 고사(故事)에도 그런 얘기가 있으니 꼭 뽕나무를 심게나."

스님은 증조부에게 그리 당부하고 저녁연기가 피어오르는 마을 어귀로 홀연히 사라졌다.

그로부터 며칠 후, 증조부는 후손 중에 정승이 나오기를 바라는 간절한 마음으로 집 앞마당 가에 뽕나무 한 그루를 심으셨다.

세월이 흐르고 흘러 어머니가 시집오던 날, 할아버지는 며느리를 따로 불러 당부하셨다.

"저 밖에 있는 뽕나무는 우리 집안에 정승이 나오기를 바라는 마음으로 아버님께서 심으셨으니, 잘 가꾸어 주길 바란다."

뽕나무는 한자로 '상(桑)'이라고 하는데 이를 파자(破字)하여 그 의미를 살펴보면 '나무 목(木)'에 '또 우(又)'가 여러 개 얹혀 있는 형상이다. 이는 다시 말하면 나무 위에 나무가 생기고 또 생기고 또 생겼다는 의미인데, 이는 뽕나무가 번식력이 대단히 강한 나무임을 반증하는 것이기도 하다. 그래서인지 당시 우리 부모님은 자식을 8남 1녀나 둘 정도로 다복하셨다.

그러나 그렇게 우리들의 가족처럼 지내왔던 뽕나무에게도 시련은 찾아왔다. 뽕나무 잎이 해마다 무성하게 자라 마당에 그늘을 드리우자, 마을 사람들은 이구동성으로 뽕나무를 키워 무엇에 쓰냐며 빨리 베어 버리라고 종용했다. 뽕나무 그늘 때문에 콩도 보리도 벼도 모두 마당에서 건조할 수 없어서였다.

그러나 아버지 어머니는 아무 대답 없이 평생 동안 자식 키우듯 정성을 들여서 뽕나무를 가꾸셨다. 그 정성은 곧 자손들에게도 이어졌다. 자식들을 귀하게 여겨 아무리 화가 나셔도 '이놈', '이자식' 같은 욕을 단 한마디도 하신 적이 없다.

'뽕나무 밭이 변하여 푸른 바다가 되었다'는 '상전벽해(桑田碧海)'라는 고사성어의 속뜻처럼, 세상의 일은 그 변화가 심하다. 그러나 올곧은 희망 하나 가슴에 품으며 뽕나무를 심고 가꾸어 온 선대(先代)의 정신적 유산을 이어받아, 나 또한 후손 중 세상을 바르게 이끌 정승이 탄생하리라는 희망을 안고 뽕나무를 가꾸려 한다.

2 어머니의 이름은 그리움이다

흐릿한 등잔불이 켜 있는 시골 마을 초가집 문풍지 너머로 두 사람의 그림자가 어른거린다. 밤은 깊어가는데 등잔불 하나를 사이에 두고 엄마는 바느질을 하고, 코흘리개 철부지 아들은 방바닥에 엎드려 연필심에 침칠을 하며 열심히 글씨를 쓴다. 간간이 또랑또랑한 목소리로 구구단 외는 소리도 들린다.

얼마나 시간이 흘렀을까. 농사일에 지친 엄마는 깜박깜박 졸며 바느질을 하다 바늘에 찔려 깨기를 멈췄다 시작했다를 반복한다. 그러다가도 아들에게 "거기 다시 읽어 봐… 한 번 더 외워 봐… 맞았어! 참 잘한다."하는 칭찬을 잊지 않는다.

엄마의 아들에 대한 사랑과 정성은 그 흐릿한 등잔불 아래서만 머물러 있지 않는다. 아들이 초등학교를 졸업하고 청주로 중학교 입학시험 보러가기 전날 밤, 엄마는 정갈하게 목욕을 하고 장독대에 정화수(井華水) 한 그릇 떠놓고 밤늦도록 비신다.

"내 아들 시험 잘 보도록 보살펴 주시고 꼭 합격하도록 도와주옵소서."하며 아들이 돌아올 때까지 빌고 또 빈다.

내 기억 속 어머니는 늘 그렇게 자식에 대한 헌신적인 사랑으로 충만하셨다. '내가 성공을 했다면 오직 천사와 같은 어머니의 덕이다.'라고 미국의 제16대 대통령 링컨은 말했다고 한다. 그만큼 자식들의 성공엔 어머니들의 정성과 희생이 있었다.

이제 사회적으로 가치 있는 삶을 살았다는 평가를 받고 살면서 어머니의 그 자식 사랑과 정성을 헤아릴 나이가 되니, 어머니는 너무 먼 하늘나라에 계시어 그 안타까움이 이를 데 없다.

그래서 나의 이런 마음이 동병상련처럼 잘 표현된 "어머니는 죽지 않는다"라는 최인호 작가의 자전적 소설이 있어, 그 일부를 옮겨 나의 사모곡을 대신해 본다.

[…어머니 당신의 손은, 평생을 자식을 위해서 노동하시던 노동자의 손이셨나이다. 자식을 위해서는 그 흔한 금반지도 하나 끼우지 않으셨던 희생의 손이셨나이다. 어머니, 당신의 삶에는 때로 풍랑도 만나셨을 것이고, 때로는 좌초도 하셨겠지요. 그러나 어머니, 참으로 어머니의 배는 무사히 항구에 닿으셨으며, 어머니의 영혼은 태어난 곳으로 가셨나이다. 어머니, 제가 세상에 태어나 제일 먼저 배운 말이 '엄마'였듯이, 언제나 제 가슴에 살아남아 시들지 않는 늘 푸른 나무가 되어 주세요…]

3   빨간 장갑 한 짝에 담긴 모정의 그리움

6.25전쟁이 한창이던 겨울 1.4후퇴 때, 여름에 피난 가지 못해 인민군들로부터 박해를 받던 사람들일수록 서둘러 피난길에 나섰다. 우리 동네도 한 집 두 집 소문 없이 피난을 떠났다.

어느 날 우리 가족도 회인 중앙리를 거쳐 보은으로 가기로 하고 피난길에 나섰다. 길은 얼었다가 녹아서인지 이미 진흙탕이 되어 있었고, 피난민으로 발 디딜 틈이 없었다. 걸어가는 게 아니고 밀려가는 행렬이었다. 새끼줄로 몸을 묶고, 끈으로 손을 묶고, 등에 진 짐 위에 아이들을 태우고, 소에 짐을 싣고, 지게에 짐을 지고 가는 등 피난민의 모습은 천태만상이었다.

나는 집에서 떠날 때부터 설씨 아저씨를 따라갔는데 수리티재 중턱에서 짐을 진 아저씨는 나 때문에 더 힘들었던지, 너는 천천히 오라면서 앞서갔다. 어린 나는 피난민들 모습이 신기해서 여기저기 기웃거리면서 걸어갔다. 고개를 넘어가면 우리 가족이 기다리고 있을 것 같았다. 고개를 다 내려와 차정리 쪽 길가에서 기다려도 우리 가족은 오지 않았다.

해는 저물고 어둠이 깔리기 시작했다. 행렬은 계속되는데 사람들 얼굴은 알아볼 수 없었다. 큰일 났다는 생각이 들었다. 어떻게 할까? 옆 동네로 들어갈까? 집으로 돌아갈까? 두 시간쯤 지났을 때 설씨 아저씨가 다시 나타났다.

"배 고프지? 가자! 식구들은 다 보은에 가 있다."

설씨 아저씨 손을 잡고 얼마쯤 왔을까? 손에 끼고 있던 빨간 장갑 한 짝이 사라져 버렸다.

"아저씨, 장갑 찾아야 해요!"

"어디 있는 줄 알아야 찾지. 어두운데 어떻게 찾을 수 있어, 그냥 가자."

나는 속으로만 '그 장갑 잃어버리면 안 되는데….'하면서 아저씨의 손에 이끌려 보은으로 갔다.

그 빨간 장갑은 어머니가 시집올 때 끼고 오신 것으로 아무리 추워도 끼지 않고 장롱 깊숙이 보관해 왔던 소중한 장갑이다. 그런데 어머니는 그렇게 아끼던 장갑을 아들 손이 얼까봐 끼워주셨다. 그런데 그 소중한 빨간 장갑 한 짝을 잃어버렸으니 어린 마음에도 못내 서운했다.

63년이 지난 지금도, 내가 피난길에 가족을 기다리던 차정리 입구 언덕을 지날 때마다 그 장갑 한 짝이 생각나서 눈을 크게 뜨고 찾아보곤 한다. 그럴 때면 빨간 장갑 안에 담겨 있던 어머니의 사랑을 놓아버린 거 같아 아직도 가슴이 아려 온다.

4 만삭의 어머니와 함께 걷던 피난길

겨울 피난길에 우리 가족들이 보은에 머물던 집은 남다리 가기 전 왼편에 있던 이발소였다. 며칠이 지나 전선 상황이 좋아지고 있다는 소식이 전해지자 아버지는 어머니와 나에게 능암 집으로 가는 게 좋겠다고 하셨다. 어머니는 검정고무신에 새끼줄을 칭칭 감고 한 손에는 지팡이, 다른 한 손은 내 손을 잡고 출발했다. 교사리를 지나 노티리에서 쉬면서 감자 몇 개를 얻어먹고 뒷산을 넘어 세촌리에 갔다. 여기서 다시 무김치를 얻어먹고 뒷산을 넘어오는데, 얼어붙은 땅위에 눈이 내린 고갯길은 아주 미끄러웠다.

어머니는 만삭이셨다. 오래 전부터 내 동생이 어머니 뱃속에 있었던 것이다. 몇 번의 위험이 있었지만 다행히 무사히 집에 도착했다. 그후 한 달쯤 되어 다섯째 동생이 태어났다.

어머니와 함께 걷던 엄동설한의 그 험한 산길. 이제 어른이 되어 다시 넘어보고 싶지만, 잡아줄 어머니의 손이 없어 허전할 뿐더러 어머니 생각에 눈물이 흘러 차마 길을 나설 엄두가 나지 않는다. 당시 어머니 뱃속에 있던 그 동생은 이 형이 가슴앓이하고 있는 모정(母情)의 그리움을 이해할는지 모르겠다.

⑤ 방앗간 집 국수 한 그릇에 담긴 모정(母情)

시골에서는 벼, 보리, 밀 농사짓는 것도 큰일이지만 이 알곡을 도정(찧는 것)하는 일도 쉬운 일이 아니었다. 방앗간이 아무데나 있는 게 아니고 중앙리, 고석리, 법주리에 있어서 그 마을에 가야 했다.

학교에 가지 않는 일요일, 아버지가 알곡을 소등 질마 양쪽에 실어주시면 나는 소고삐를 잡고 가고 어머니는 뒤따라 오셨다. 그렇게 방앗간에 가면 일꾼들이 짐을 내려 쌓아놓고 먼저 온 순서대로 찧어 주었다.

그렇게 순서를 기다리다 보면 점심때가 된다. 그러면 방앗간 주인은 멀건 국수 한 그릇을 기다리는 사람들에게 공짜로 나눠준다. 어머니는 "배 고프지?" 하시면서, 당신 그릇의 국수 줄기를 거의 다 아들 그릇에 덜어 주고 국물만 드신다. 나는 사양했지만 어머니는 "배 고프면 몸이 약해진다. 잘 먹어야 건강해지고 공부도 잘하게 된다."고 하셨다.

보통은 그렇게 기다려 도정을 해가지만, 기계가 고장 나면 고칠 때까지 기다려야 했다. 어느 때인가 회인 방앗간에 갔을 때 오후 늦게야 소에 짐을 싣고 출발하는데 어머니는 찐빵 3개를 사오셔서 나에게 먹으라고 주셨다.

방아를 찧어 소에 싣고 비포장 십리 길을 터벅터벅 함께 걸어오면서 이 얘기 저 얘기로 어린 아들에게 희망과 사랑을 주셨던 어머니가 새삼 그립다. 하루 종일 국수 국물 반 대접만 드시고도 배 고프지 않은 척하셨던 어머니는 얼마나 시장하셨을까? 생각하니 가슴이 미어진다.

어머니는 이미 세상을 떠나셨지만 그 헌신적인 사랑의 의미를 되새기며 앞으로 보답하는 삶을 살리라 스스로 다짐해 본다.

6 밥 짓는 풍경 속에 담긴 어머니의 미소

시골 농사일은 한가한 날이 하루도 없다. 날이 새면 일찍 들에 나가 어두워야 비로소 집에 온다. 어머니라고 편하실 수 없었다. 애들은 주렁주렁 많고 농사일은 끝이 없었다. 작은 키의 어머니는 아침 일찍 물지게 지고 냇가에 가서 물을 퍼서 지고 오는 일로 하루 일과를 시작하셨다.

그러나 애들이 크면서 물지게는 우리 형제들이 맡았다. 그러던 중에 형제들끼리 서로 물 져오려고 다투면, 어머니는 온화한 표정으로 '순서대로 물을 져오되 힘에 맞게 하라'고 하셨다.

우리들의 밥 먹는 시간은 그야말로 전쟁이었다. 큰 그릇 하나에 밥을 퍼오면 여러 명이 숟가락 들고 달려들어 먹었다. 꼴 부리거나 느림보는 먹을 밥이 없으니 굶어야 했다.

겨울이 되면 우리 형제들은 어머니보다 먼저 일어나 부엌 큰 솥에 불을 피워 물을 데우는 일에 경쟁을 하였다. 어머니가 부엌에 오셔서 큰 솥 뚜껑을 열면 하얀 김이 올라오는데 바가지로 물을 퍼서 설거지통에 부어 놓고 손을 담그신 후에 아침식사 준비를 하셨다.

서리는 수증기 사이로 어머니의 미소가 보였다. 우리들이 귀엽고 대견스러웠던지 어머니는 빙그레 흐뭇한 웃음을 지어 주셨다. 부처님의 자비로운 미소보다도 나에겐 더 온화하고 포근했던 그 어머니의 미소가 한없이 그립다.

7 아버지라는 이름의 큰 나무

"학교 끝나면 곧 바로 집으로 와야 한다. 소를 잘 먹여야 소도 힘든 일을 잘한다. 매일 풀을 베어다 소죽을 쑤어 놓아야 한다. 소죽을 쑤어 주지 않으면 소는 굶는다. 소는 굶는데 너만 밥을 먹으면 안 되겠지…. 그러니 소죽을 쑤어주지 못하는 날은 너도 저녁을 굶어야 한다. 너만 밥을 먹으면 소가 욕하겠지…. 그려 안 그려"

내가 초등학교 때 아버지는 가끔 이런 말씀을 하셨다. 순간 나는 소와 나를 동급으로 생각하시는 거 같아 조금 섭섭하기는 했지만 하루도 빠짐없이 매일 열심히 풀을 베어다 소죽을 쑤었다.

지금 내 왼손에는 소에게 먹일 꼴을 베다 낫에 베인 크고 작은 흉터가 다섯 개나 있다. 나는 이 흉터를 아버지께서 주신 사랑의 훈장으로 알고 살아간다.

시각, 청각 중복 장애인이면서도 이를 극복하여 작가 겸 사회사업가로 명성을 날린 헬렌 켈러는 '이 세상에 기쁜 일만 있다면 용기도 인내도 배울 수 없을 것이다.'라고 말했다. 내가 어릴 적부터 아버지를 통해서 배운 그 노동의 가치와 보람을 알지 못했다면 나는 가치 없는 불성실한 삶을 살았을지도 모른다. 나에게 살아가는 용기와 삶의 의미를 일깨워 주신 아버지께 다시 한 번 감사드린다.

8 싹은 희망이다

나의 아버지는 특별히 많은 공부를 한 분도 아니고 높은 관직에 있던 분도 아닌 소박한 농부였다. 그러나 '도덕군자'라 불리던 증조부의 영향으로 심성이 올곧고 자상하여 늘 자식들에게 삶의 지혜가 되는 말씀을 많이 해주셨다.

어느 해 봄날이었다. 아버지는 나무에 돋는 연초록의 새순을 발견하시곤 나를 불렀다. 그리고는 "나무에 새순이 나오는 것을 꺾지 마라"고 말씀하시며 다음과 같은 가르침을 주셨다.

나무는 겨우내 털 속에 싸여 있던 새눈이 봄이 되면 싹으로 자라나 잎과 꽃으로 핀다. 그리고 열매를 맺게 된다. 새로 나오는 싹과 새순을 꺾는 것은 곧 희망을 꺾는 것이다. 그것은 곧 죄악이다. 싹을 꺾는 사람치고 잘되는 사람이 없다. 싹이 좋은 나무는 열매를 많이 맺고 큰 나무로 자란다. 싹수 있는 사람은 성공하도록 밀어 주어야 한다. 집안에 훌륭한 인물 하나 나오는 것, 지역에서 큰 인물 하나 나오는 것, 쉽지 않은 일이다. 인물은 주위에서 키워주어야 더욱 크게 된다. 작은 실수, 작은 허물만 가지고 침소봉대해서 사람의 앞길을 막는 것은 소인배들이 하는 일이다. 개 눈에는 뭐만 보인다고 한다. 남의 작은 약점을 들추어내고, 소문내고, 매도하는 사람치고 끝이 좋은 사람 없다. 인물을 키우는 사회가 희망이 있다.

세월이 흘러 내가 공직자가 되고, 기업의 경영자가 되고, 목민관이 되어 군정을 살피다 보니, 어린 시절 아버지의 가르침이 새삼 귀한 것임을 깨닫게 된다.

9 아비의 사랑으로 둠벙에서 다시 태어난 아들

아버지께서 73세 되던 겨울 어느 날 아침, 잠자리에서 일어나시던 어머니는 깜짝 놀랐다. 방 윗목에 벗어 놓은 아버지의 바지저고리가 얼음이 얼은 채 놓여 있는 게 아닌가? 어머니는 장롱에서 새 옷을 꺼내 잠든 아버지 옆에 가지런히 놓고, 얼음덩어리가 되어 버린 옷을 들고 밖으로 나왔다. 그러나 못내 궁금함을 떨쳐 버릴 수가 없었다.

그로부터 며칠 후, 어머니는 아버지께 이 엄동설한에 어디 가서 무얼 했기에 옷이 얼었냐고 물었다. 그래도 아버지가 묵묵부답이자 이번엔 농을 섞어 재차 물으셨다.

"아니, 밤중에 물고기가 드시고 싶어 꽁꽁 얼어붙은 냇물에서 고기 잡으셨소?"

아버지는 그냥 웃기만 하시고 아무 말씀을 안 하셨다.

그러나 어머니는 도대체 무슨 일인지 궁금해서 견딜 수 없었던지 며칠 후 또 물으셨다.

"지금 영감 연세가 얼마인데 물고기 먹고 싶다고 얼음 속에 들어가십니까? 이팔청춘이시오? 감기 걸리면 큰일 납니다. 차라리 애들한테 생선 먹고 싶다고 하면 될 텐데 왜 그러셨소?"

궁금증이 풀리지 않은 어머니는 이렇게 틈만 나면 사연을 말하라고 채근하셨다.

얼마쯤 지나서 아버지는 아무한테도 말하지 않겠다는 다짐을 받고는 사실을 털어 놓으셨다.

사연인즉, 서울서 내려온 아들 아무개가 동네 사람들과 노름(화투) 한다는 소문으로부터 사건은 시작되었다. 아버지는 아들을 찾겠다고 밤늦게 동네 이 집 저 집을 찾아다니던 중 어느 외딴집에서 들려오는 아들의 목소리를 들었다. 아버지는 반신반의하며 그 집 방문을 열고 들어섰다. 그런데 노름판에 아들이 떡하니 끼어 있는 게 아닌가.

아버지는 다짜고짜 그 아들을 끌고 나와 동네에서 500m쯤 떨어진 산어귀 용둠벙으로 데리고 갔다. 한겨울이라 용둠벙 가장자리에 얼음이 얼어 있었다. 그러나 아버지는 추위를 아랑곳하지 않고 아들의 허리춤을 잡고 함께 물속으로 들어갔다. 이내 옷에 살얼음이 얼기 시작했다. 그러나 아버지는 아무 말 없이 그 추위를 견디셨다. 아들은 아버지에게 죄스러워 제발 물 밖으로 나가자며 용서를 빌었다. 그때서야 아버지는 아들을 향해 입을 열었다.

"너 노름하지 말라는 것이 우리 집 가훈인 것 아냐, 모르냐? 동네 누구 돈을 딸래? 그 돈 따서 땅을 살래, 집을 살래?"

아들은 계속 몸을 떨며 용서를 빌었다.

"그래 나는 너를 믿는다. 앞으로 노름을 또 하면 너는 내 아들이 아니다."

아버지는 아들의 다짐을 받고 나서야 함께 물에서 나오셨다. 젖은 옷은 금세 얼기 시작했다.

그날 그런 일이 있은 후 서울에서 내려온 아들은, 노름을 끊고 평생 화투장을 잡아본 적이 없다. 이는 나의 아버지만이 할 수 있는 일이지, 어느 아버지나 다 할 수 있는 그런 교육방법은 아니었다.

가르침을 주실 때는 늘 올곧고 엄격하셨지만, 자식들에게 단 한 번도 이놈 저놈 하지 않고 인격적으로 대해 주셨던 아버지. 당신 자신의 고통을 감수하면서까지 자식들을 바른 길로 인도해 주신 그 속 깊은 사랑을 할아버지가 된 오늘에야 깨닫고 나니, 아버지에 대한 한없는 존경심이 밀려온다.

10 사별을 예감한 아버지와의 텔레파시

1998년 10월 28일, 아버지께서 88세로 세상을 떠나셨다. 병원에 입원하신 지 한 달여 만이었다. 그런데 운명하시기 10일 전에 이상한 일이 일어났다.

자손들이 다 모인 10월 18일 오후 3시쯤, '아버지는 앞으로 열흘 밖에 못 사신다'는 영감(靈感)이 불현듯 떠올랐다. 나는 이 영감이 병실에 누워 계신 아버지가 알려주신 것이라고 직감했다.

나는 바로 가족들에게 장례준비를 해야 한다고 했으나 모두들 귀 넘어 들었다. 하는 수 없이 나는 혼자서 장례준비를 할 수밖에 없었다.

그런데 열흘이 되던 날 초저녁이 되어도 아무런 소식이 없어 기다리고 있는데, 오후 9시 반쯤 청주에 사는 동생에게서 전화가 왔다. 동생은 아버지가 위독하시다며 울먹였다. 나는 곧바로 병원으로 달려갔다. 병원에 도착하니 아직 아버지의 숨은 남아 있었다. 나는 아버지의 손을 잡은 후 이마에 손을 얹었다. 그리고 그로부터 10분이 경과한 후 아버지는 운명하셨다.

영안실에 아버지를 모시고 난 후 같은 병실에 있던 환자 가족이 조문을 와서, "세상에 자기 아버지 운명을 열흘 전에 아는 사람이 있다니 어찌된 영문이냐?"고 나에게 물었다. 나는 말해 주었다. 나와 아버지는 평생 동안 부자간에 단 한 번도 마음 상한 적이 없었다고. 하늘이 맺어 준 인연이라지만 이보다 더 가까운 사이가 또 어디 있겠느냐고. 이 소식은 병원에 퍼졌고 아버지와 나 사이의 특별한 인연은 화제가 되었다.

두 사람 사이에 오감을 사용하지 않고 생각이나 감정을 주고 받는 심령능력을 영감 또는 텔레파시라고 한다. 아버지가 아들을 사랑하고 아들이 아버지를 존경하는 것은 사람만이 할 수 있다. 그리고 그런 마음의 교류가 오랫동안 지속되다 보면 오감(五感)을 통하지 않고도 서로의 마음이 시공간을 초월해 전달되는 경우가 많다.

나는 아버지와의 사별을 통해, 오랫동안 사랑과 이해와 존경을 바탕으로 하는 인간관계를 지속하다 보면 자신도 모르게 초월적인 능력이 생김을 새삼 확인할 수 있었다.

나의 학창시절 이야기

가난이 희망이 되기까지

1 믿음과 존중으로 영글은 참교육 열매

– 나의 중학시절을 올곧게 키워준 고마운 선생님들

'세상을 바꾸는 것은 사람이고, 사람을 바꾸는 것은 교육이다.'라는 말이 있다. 뒤돌아보면 나의 인성이 올바르게 자리 잡기 시작한 시기는 중학교 때인 것 같다.

당시 나는 초등학교 선생님을 길러내는 청주 사범학교의 병설 중학교에 다니고 있었는데, 이 학교는 다른 중학교와 달리 독특한 교육방침이 있었다. 그 근간은 학생들에 대한 개별 인격체로서의 존중과 믿음, 그리고 자율성이었다. 지금 교육현장에서도 선뜻 시행할 수 없는 선진적인 교육방침이라서 나는 새삼 그 당시 내가 다녔던 중학교에 대한 자부심과 선생님들에 대한 존경심이 생기곤 한다.

돌이켜 보면, '옳은 행동을 하고 남보다 먼저 모범을 보이는 것이 교육'이라는 순자(荀子)의 말씀을 우리 선생님들은 잘 실천하고 계셨다.

그 첫째가, 존댓말 사용이다.

머리가 하얀 할아버지 선생님께서 손자 같은 철부지 중학생에게 꼭 존댓말을 쓰셨다. 놈, 자식, 새끼 같은 학생의 자존심을 상하게 하는 말은 단 한마디도 들어본 적이 없다. 선생님들은 친절하고 조용한 미소로 친아들, 친손자 대하듯 학문과 인성을 가르치시고 설득하셨다. 또 어쩌다 말썽을 일으킨 학생에게는 사랑의 회초리를 치시면서도 학생 자신이 잘못을 뉘우치도록 지도해 주셨다.

선생님이 존댓말을 쓰니 자연히 학생들 간에도 쌍스러운 욕을 하거나 사소한 문제로 다투지 않았다. 교실에서나 운동장에서도 서로 이해하고 도와주는 분위기가 되어 학교생활이 즐거웠다. 존댓말을 쓴다는 것은 상대방의 인격을 존중하는 최초의 예절임을 알게 해주신 훌륭한 선생님들을 지금도 잊을 수 없다.

둘째는, 무감독 시험이다.

이는 학생들에 대한 믿음이 없으면 절대 시행할 수 없는 그런 제도다. 당시 내가 다니던 중학교는 매월 말 시험을 보았다. 시험 보는 날 선생님은 시험지를 나누어 주고 교무실로 가셨다가 시험시간이 끝날 무렵 다시 오셔서 시험지를 모아가곤 하셨다.

선생님은 옆 사람 답안지 보지 마라, 쪽지 돌리지 마라, 책상에 쓰지 마라는 말씀은 아예 하시지도 않았다. 그 대신 단호한 어조로 정직한 삶의 필요성에 대해 몇 마디 가르침을 주시곤 했다.

"앞으로 여러분은 평생 많은 시험을 보아야 할 것입니다. 그 시험 때마다 남을 속일 수는 없습니다. 혹시 한두 번 남을 속여서 일이 잘 풀렸다 해도 그것을 영원히 숨기고 살 수 없습니다. 남을 속인다는 것은 곧 자신을 속이는 것입니다. 인생에 있어서 최고의 덕목은 정직입니다. 정직은 너와 나뿐이 아니라 누구와도 가장 쉽게 통하는 길입니다. 따라서 누가 나를 감시하나 의심하나 마음 쓸 필요가 없어요. 떳떳하면 됩니다. 인생은 시험의 연속입니다. 매 시험마다 자기 실력대로 최선을 다하여 정직하게 풀어나가는 사람은 성공할 것입니다."

지금도 귀에 생생한 선생님의 가르침은 훗날 공무원으로서 나라를 위해 공적인 일을 할 때 늘 정도(正道)로 갈 수 있었던 지침이 되곤 했다.

셋째는, 무인매점 운영이다.

매점은 학교 본관 2, 3층 통로 계단 모서리에 가판대 형태로 설치되었다. 그곳에는 공책, 연필 등 여러 가지 학용품이 가격표와 함께 진열되어 있었으며, 그 옆에는 자물쇠 없는 나무통이 가지런히 놓여 있었다.

학생들은 필요한 물건을 구입한 후 가격표에 맞게 돈을 나무통에 넣었고, 거스름돈이 발생하면 그 통에서 꺼내갔다. 지켜보는 사람도 없었고 몰래 카메라도 없었다.

이렇게 판매된 실적에 대한 결산보고는 매주 월요일 전체조회 시간에 이루어졌다. 주번장 학생이 연단에 올라 1주일 동안 판매실적을 전교생 앞에서 발표했다. 총결산 결과는 늘 단돈 몇 원이라도 남으면 남았지 모자란 적이 없었다. 이러한 전통은 내가 졸업할 때까지도 계속 이어졌다.

비록 우수한 학생들이 몰려 입학하기 어렵다고 소문난 학교라지만 중고생 합쳐서 1천여 명이나 되는 학생 중에 양심을 속인 사람이 단 한 명도 없었다는 것은 대단한 자랑거리가 아닐 수 없다. 온갖 거짓이 판을 치는 사회 속에서 정직하게 소신대로 살아가는 길을 깨닫게 해주신 선생님들의 깊은 뜻을 이제야 알 것 같다.

'교육의 비결은 학생들을 존중하는 데 있다.'고 미국의 철학자 에머슨은 말했다. 학생들의 인격을 존중하여 존댓말을 쓰고, 무감독 시험, 무인 매점 운영을 통해 학생들의 양심과 자율성을 함양해 주었던 그 당시 나의 모교의 교육관이야 말로, 나를 비롯한 모든 학생들이 건전한 민주 시민으로 성장할 수 있었던 밑거름이 아니었나 생각해 본다.

2 10년 공부값 1,432,700원

내가 부모님 품을 떠나 중학교 1학년에 입학하여 대학을 졸업할 때까지 아버지께 받은 돈 총액은 1,432,700원이다. 이러한 구체적인 수치가 산출될 수 있었던 이유는 중학교 때부터 써온 가계부 덕분이다.

2013년 4월 보건복지부의 발표에 따르면 출생부터 대학졸업까지 1인당 총 양육비가 3억896만4000원이라고 한다. 이는 보건복지부와 한국보건사회연구원이 전국 남녀 1만3385명(미혼남녀 3414명)을 대상으로 조사하여 얻은 통계이다.

이렇게 볼 때, 나에게 투자된 교육비는 정말 작은 액수이다. 물론 50년 전의 일이기에 물가상승 등의 화폐가치를 고려해 보아야겠지만 말이다.

내가 이렇게 적은 돈으로 대학까지 졸업할 수 있었던 것은 중학교 3년간 자취를 하며 검소하게 살았던 생활태도 때문이기도 하다. 또, 고교 2학년 2학기부터 대학을 졸업할 때까지 가정교사를 하며 숙식을 해결했고, 장학금을 받아 학비에 보탰기에 가능했다. 이러다 보니, 당시 모두 어려운 시기이긴 하였으나 나는 다른 학생들의 절반도 안 되는 교육비로 대학을 졸업할 수 있었다.

돈은 예나 지금이나 쓰려고 하면 늘 부족하고 아껴 쓰면 늘 여유가 있다. 내가 가계부를 쓰기 시작한 것은 나에게 금고 역할을 하는 사람이 오직 아버지 한 분뿐이었기 때문이다. 당시 어머니께서는 아버지 몰래 단돈 1원도 주신 적이 없다. 아버지는 돈을 주시고 나서 어디다 썼는

가를 꼭 확인하셨다. 책을 샀으면 책을 아버지께 보여드려야 하고 영수증도 드려야 했다. 아버지께서는 '거짓말을 하면 안 된다. 돈은 꼭 써야 할 때 써야 한다. 그렇다고 무조건 아끼기만 하면 안 된다'고 하셨다. 그래서 나는, 항상 사실대로 지출 내역을 기록하여 아버지께 보고드렸다.

당시 나는 지금의 청주교대 자리에 있던 청주사범 병설중학교에 다니고 있었다. 어린 중학생에게 학교에서 남다리까지는 꽤나 먼 거리였다. 그래서 함께 다니던 10여 명의 친구들과는 여러 가지 놀이를 하며 하교를 했다. 그 가운데 기억에 남는 놀이가 비과먹기였다.

우리는 비과공장을 지나칠 때마다 가위 바위 보를 하여, 마지막에 남은 한 사람이 벌칙으로 1원짜리 비과 10원어치를 사오게 했다. 만약 우리 일행이 12명이면 사장님한테 사정을 해서 12개를 받아다 하나씩 나누어 먹으면서 남다리를 건넜다. 그래서 어떤 때는 1주일에 두 번 비과를 사야하는 때도 있었다. 나는 이렇게 지출한 10원까지도 그대로 아버지께 보고 드렸다.

이러한 나의 습관은 특히 학급 일을 맡아 돈을 걷게 되면 더 명확했는데, 봉투에다 명목을 써서 별도로 관리한 것이 그 예다. 이 금전출납부 기록은 대학을 졸업한 후에도 평생 동안 나의 습관이 되었다.

가계부를 쓰면 돈이 아까워 마구 쓸 수가 없다. 가계부에는 돈의 흐름이 그 안에 기록되어 있어, 자신의 생활 패턴이 어떠한지 스스로 체크해 볼 수도 있다.

결혼한 후 나는 부모님께 단돈 1원도 받은 것 없이 검소하게 생활했다. 맞벌이 하는 아내와 나의 수입 중 85%를 적금에 들어, 늘 돈으로부터 자유롭지 못하게 자신을 통제하며 살았다. 그렇게 하여 1남 2녀를 교육시켰다. 그런 부모의 검약한 생활을 보고 자라서인지 아들과 딸들도 모두 근검절약하는 것이 생활화되어 있다.

"예언자"라는 책으로 세계에 알려진 칼릴 지브란은 '돈은 현악기와 같다. 그것을 적절히 사용할 줄 모르는 사람은 불협화음을 듣게 된다.' 라고 경고했다. 돈을 쓸 때는 꼭 써야 하는 곳인지를 한 번 더 생각해 보는 습관이 필요하다.

아들이 결혼하고 병원을 개업한 지 1년 후쯤 나는 며느리에게 넌지시 물어 본 적이 있다.

"요즘 젊은이들은 가계부를 다 쓴다는데 너도 쓰고 있냐? 쓰면 한 번 가져와 봐라."

그러자 며느리는 안방에 가서 가계부를 가져왔다. 며느리 가계부는 잘 정리되어 있었다. 나는 자세히 보는 척만 하고 지출 내용은 따로 묻지 않았다. 쓰고 있다는 것 자체만으로도 칭찬받을 만한 일이다.

삼성그룹 이건희 회장의 어록 중에는 '돈 많은 사람을 부러워 말라. 그가 사는 법을 배우도록 하라.'라는 말이 있다. 그런 의미로 볼 때 돈은 단순한 재물이 아니라 그 안에 삶의 목적, 삶의 의미 등이 포함된 포괄적 의미의 인생이라고도 말할 수 있다.

3 가난이 친구였던 어느 중학생의 희망일기

[1] 따뜻한 겨울나기를 위한
– 제재소 생나무 껍질 벗기기

점심 굶기를 밥 먹듯 하던 중학교시절 수업이 일찍 끝나는 토요일 오후가 되면, 나는 어김없이 석교동에 위치한 제재소로 달려갔다. 그리고는 관리인 아저씨에게 인사를 하고, 낫을 들고 생나무껍질 벗기는 작업을 시작했다.

제재소에는 내 또래 학생은 단 한 명도 없었다. 아저씨와 아주머니 몇 분이 일하고 있을 뿐이었다. 그분들은 잡담을 하거나 담배를 피우며 자주 휴식을 취했지만, 나는 쉬지 않고 일을 했다. 봄, 가을에는 두세 시간 정도 일을 하지만, 여름에는 다섯 시간 이상 일할 때도 있었다.

점심시간에 학교에서 수돗물로 배를 채웠으니 땀이 더 난다. 배도 고프고 옷도 흥건히 젖었다. 관리인 아저씨가 많이 챙겨 줄 테니 쉬었다가 하라고 했지만, 나는 못들은 척 생나무껍질 벗기는 작업을 계속했다.

저녁 무렵이 되자 아저씨, 아주머니들이 퇴근 준비를 했다. 그때 관리인 아저씨는 잘 마른 나무껍질을 마대에 담아 새끼 끈으로 멜빵을 만들어 주었다. 나는 품삯 대신 받은 나무껍질이 가득 담긴 마대를 짊어지고 3km가 넘는 금천동 사태 밑 자취집까지 걸어가야만 했다.

온몸이 땀범벅이 된 모습으로 낑낑대고 가는데, 내 모습을 본 어떤 동창생은 낄낄대며 지나갔다. 그뿐인가? 여학생 동창도 못본 척 웃으며 지나갔다.

그러나 나는 개의치 않고 가난이 죄냐? 혼잣말로 내 자신을 위로했다.

'친구들아, 비웃지마라! 가난은 그 어떤 죄악도 아니라고 하버드대학 설립자인 존 하버드 씨가 말했단다.'

[2] 돈 벌기 쉬운 게 아니다
– 무심천 자갈, 트럭에 싣기

중학교 2학년 때 친하게 지내던 서모라는 친구가 있었는데, 그의 어머니는 혼자 몸으로 여러 남매를 키우고 있었다. 그러던 어느 날인가 그 친구가 나에게 용돈을 벌어볼 생각이 없냐고 물어왔다. 나는 당시 자취를 하고 있었기에 늘 생활비가 부족한 상태였다. 그래서 일요일에 그 친구 어머니를 따라 친구와 함께 무심천으로 갔다.

무심천에 도착해 보니 트럭이 교대로 다니면서 자갈을 실어 나르고 있었다. 우리는 사람들이 모여 있는 곳으로 갔다. 그곳에서는 어른 10여 명이 자갈을 트럭에 싣는 작업을 하고 있었다. 나와 친구, 그리고 친구 어머니도 함께 자갈 싣는 작업에 동참했다.

땀 흘리며 자갈을 트럭에 싣다 보니 점심때가 됐다. 나는 친구 어머니가 싸온 꽁보리밥에 무장아찌 반찬으로 몇 술 얻어먹었다. 항상 점심식사는 굶었었는데 시장이 반찬이라고 그 꽁보리밥이 꿀맛 같았다.

점심식사 후 작업은 다시 시작되었고 해질 무렵이 돼서 작업이 끝났다. 이제 하루 일당을 받는 시간이 되었다. 나는 하루 종일 다섯 차를 실어 대당 500환씩 2,500환을 받았다. 그동안 만져보지 못했던 아주 큰 돈이었다.

그 돈으로 새운동화도 사서 신고, 또 우산도 샀다. 그런데 그날 무리하게 일을 해서인지 3일간 허리가 아파서 앉지도 눕지도 못하며 고통스럽게 지냈다. 돈 벌기가 이렇게 힘든 것인지 처음 알게 되었다. 그 후에

들은 소식으로는 친구도 그 어머니도 너무 힘들어 그만 두었다고 했다.

'젊어서 고생은 사서도 한다'는 속담이 있긴 하지만, 그래도 나의 청소년시절은 도전하려는 패기가 있었구나? 하는 생각을 해본다.

[3] 정직은 유혹을 이기는 힘
– 영운동 복숭아 과수원길에서의 갈등

금천동 자취집에서 내가 다니던 중학교를 가려면 영운동으로 가는 고개를 넘어가야 한다. 겨울이 가고 날씨가 풀리면 이 고개 좁은 길 아카시아 울타리에는 하얀 꽃이 피고, 길가 양쪽 복숭아 과수원에는 붉은 꽃이 가득하다. 이 복숭아꽃이 지고나면 하루하루 몰라보게 복숭아 알이 커진다. 복숭아나무 사이 밭고랑에 심은 밀이 누렇게 변하기 시작하면, 복숭아는 제법 굵어지면서 탐스럽게 익어간다.

아침에 학교 갈 때는 빨리 지나쳐 복숭아가 익어가는 것을 볼 겨를이 없다. 그런데 오후 3시 반쯤 수업이 다 끝나면, 평소 운동을 좋아하던 나는 한 시간 정도 공도 차고 철봉도 하고 배구도 하며 실컷 뛰논다. 그러다 보면 몸이 몹시 지친다. 이때 펌프에 가서 입을 대고 물로 배를 채운다. 이것이 점심을 굶고 살아왔던 나의 습관이었다.

물로 배를 채운 나는 그제서야 집으로 향한다. 그리고 남들 논둑길을 지나 무심천에서 목욕을 한다. 점심식사를 못해서인지 기운이 없다. 천천히 걸어서 영운동 고개 과수원 안에 있는 좁은 아카시아 길로 접어든다.

아카시아 울타리를 넘어온 가지에 누렇게 익어가는 복숭아 두세 개가 눈에 들어온다. 배는 고픈데 익어가는 복숭아 향기가 끊임없이 나를 유혹한다. 복숭아는 입만 대면 그냥 먹을 수 있는 위치에 매달려 있다. 주위에 지켜보는 이도 없다. 고픈 배는 빨리 따먹으라고 재촉한다. 그때 "정직해라, 남을 속이는 것은 너 자신을 속이는 것이다." 라고 하시던 아버지 말씀이 생각났다.

'아무리 배가 고파도 남의 것을 도둑질을 하면 안 된다. 양심을 속여서는 안 된다.'라고 혼잣말로 다짐하며 과수원 길이 있는 영운동 고개를 넘다 보니, 나에게 기대를 걸고 있는 아버지 어머니 얼굴이 떠오른다.

중학교를 졸업할 때까지 넘어 다니던 복숭아 과수원길. 그곳은 내 양심을 실험해 보던 리트머스 종이 같은 곳이었다. 그 청소년시기에 내가 배가 고프다는 이유로, 또 남이 안 본다는 이유로 복숭아 하나를 따먹었다면, 나는 지금쯤 양심 버리는 일을 밥 먹듯이 하는 사람이 되었을지도 모른다.

세계적인 문호 셰익스피어는 '정직한 것만큼 풍부한 유산은 없다.'고 말했다. 돌이켜 생각해 보면 중학교시절부터 정립된 나의 정직성과 성실함은 내가 현재의 자리에 있게 된 밑바탕이 되었는지 모른다.

[4] 나의 겨우살이 양식
- 김장 김치보다 더 맛 좋은 배추 겉절이

중학시절 자취할 때의 일이다. 늦가을 김장철이 되면 나는, 가을 들밭 위를 헤집고 다녔다. 그 이유는 늦가을 들밭 위에 남겨진 이삭 김장거리를 줍기 위해서였다. 김장용 무, 배추가 뽑혀 나가고 나면 주인이 남겨 놓은 이삭 김장거리가 드문드문 들밭 위에 놓여 있는 경우가 많았다.

시골에 계시던 어머니는 동생들과 집안 농사일 때문에 내 김치를 담가주실 겨를이 없으셨다. 혹여 시골에 잠시 다녀갈 때 주신다 해도 김장김치는 가져갈 엄두도 못냈다. 너무 무거워서 청주까지 산골 60리 길을 걸어서 가져갈 수가 없었기 때문이다.

찬바람이 불 때면 나는 이 밭 저 밭을 다니며 주인이 남겨 놓고 간 이삭 배추를 주웠다. 이렇게 주워온 배추를 물에 씻어 그 위에 소금을 뿌려 놓으면 숨이 죽는다. 그로부터 며칠 있다가 다시 배추를 씻어 물기를 빼고 그 위에 가는 소금을 솔솔 뿌려놓고 기다리면 맛이 든다. 그것을 썰어서 고추장을 넣어 무치면 나만의 겉절이가 된다. 그 맛은 생각보다 좋았다. 그렇게 나만의 겉절이가 당시 유일한 나의 겨우살이 반찬이기도 했다. 또 겉절이와 함께 비벼 먹던 그 꽁보리밥맛을 잊을 수가 없다.

"음식을 욕심 내지 마라. 꼭 배불리 먹어야 기운 쓰는 게 아니다. 적당하게 먹여야 건강하다. 과식은 병이 된다. 채식을 많이 하고 부지런히 움직이면 몸이 가벼워진다."

아버지께서 늘 하시던 그 말씀이 새삼 생각난다. 배고팠던 청소년시절이었지만 그런 경험과 깨달음이 검소하고 부지런한 나의 습관을 만들었지 않았나 싶다.

'가난은 부끄러운 것이 아니다, 다만 불편할 따름이다'라는 말이 있듯이 가난을 잘 극복하면 불편함이 없어질 뿐 아니라 첫째 검소한 생활태도가 생기고, 둘째 겸손한 자세와 이해심이 생기며, 셋째 시련에 맞서는 용기가 길러지고, 넷째 거짓된 친구와 참된 친구를 가릴 줄 아는 분별력이 생긴다.

아름다운 만남,
귀중한 인연

1 5달러짜리 지폐에 담긴 교포 할머니와의 추억

세상을 살다 보면 짧은 만남이어도 긴 여운으로 남는 사람이 있다. 그래서인지 해마다 겨울이 오면, 그리고 흰 눈이 펄펄 내리는 날이면, 나는 미국에서 만난 한 교포 할머니를 떠올리곤 한다.

내가 그 할머니를 만난 것은 1985년 1월경이다. 당시 나는 공무원 신분으로 연수차 미국을 방문하고 있었다. 그날은 잠시 동안의 여유시간이 생겨 크리브랜드에 사는 의사 친구를 만난 후, 나이아가라 폭포 관문 도시인 버펄로로 가고 있는 중이었다.

겨울이라서 그런지 고속버스 차창 밖에는 눈 덮인 광활한 들판이 영화의 한 장면처럼 펼쳐지고 있었다. 그렇게 고속도로를 한 3시간쯤 갔을까. 버스가 어느 소도시의 터미널에 도착하더니 승객 대여섯 명을 태우곤 다시 출발했다. 그 순간 나는, 잠시 한국의 어느 시골버스를 탄 듯한 착각에 빠졌다. 백발의 할머니 한 분이 비녀를 곱게 꽂고 한복 치마저고리 차림으로 버스에 오르고 있는 게 아닌가. 나는 나도 모르게 할머니의 보따리를 받아들고 내 옆자리에 모셨다. 언뜻 외모를 보니 때 묻은 한복에 얼굴엔 주름살이 깊어, 고생깨나 한 촌로(村老) 같아 보였다.

나는 안쓰러움과 함께 미국 땅에서 한국 고유의 의상을 입은 할머니를 보았다는 반가움에 선뜻 말을 건넸다.

"할머니, 날씨도 추운데 혼자서 어디 여행가세요?"

그러자 할머니는 버펄로에 간다 하시며, 댁은 어디서 왔냐고 되물었다. 나는 상냥하게 서울에서 왔다고 말한 뒤, 중앙청 공무원인데 쓰레기(폐기물)처리 기술을 배우러 왔다는 말을 덧붙였다.

그런데 이상하게도 대화를 계속하면 할수록 할머니의 표정과 말투가 점점 어둡고 차가워졌다.

"그럼 공무원이면 돈 많이 가지고 왔겠구먼. 미국에 오는 군인과 공무원들을 보니 여기 와서 돈을 물 쓰듯 하던데, 기업체에서 뜯은 부정한 돈이 아니고서야 어찌 그리 흥청망청 쓸 수가 있겠소?"

할머니는 작정이나 한 듯 한국에서 온 공무원에 대한 부정적인 시각을 여지없이 드러냈다.

나는 순간 당황스러웠으나 진심을 담아 미국으로 연수를 오게 된 경위를 설명했다. 왕복 항공료, 체재비, 잡비 등은 미국 정부가 지원하는 회사에서 부담하고 있으며 근무처인 환경부나 기업, 그 어느 누구한테도 단돈 1원 한 장 받은 일이 없음을 당당하게 말씀드렸다. 아울러 연수 일정이 주말 빼고는 미국 내 관청과 회사, 현장 방문 등으로 꽉 짜여 있으며, 미국에 도착하여 현재까지 어디에 가서 무엇을 배웠고 남은 기간 동안의 일정은 이러이러하다는 계획까지도 함께 설명 드렸다.

할머니는 처음과는 달리 좀 부드러워지기는 하였으나 여전히 까다로운 면접관이 되어 이것저것 꼬치꼬치 물었다. 미국에 와서 느낀 점이 무엇이며 고향은 어디인지, 그리고 가족관계와 출신대학은 물론 업무 내용까지도 함께 궁금해 했다.

나는 그 질문들이 때론 난처하기도 하였지만 차분하고 성실하게 대답해 주었다. 그러자 할머니는 그때서야 경계를 풀고 당신의 속내를 드러내기 시작했다.

79세라고 밝힌 나이가 믿겨지지 않을 정도로 정정하신 할머니의 고향은 평안도인데, 가족들이 장로교 신자라는 이유로 공산당으로부터 탄압을 받게 되자 1.4후퇴 때 서울로 내려와 정착하게 되었다고 한다.

그러다가 할머니가 아들의 초청으로 미국에 온 것은 1970년. 당시엔 미국 이민자들이 많지 않아 낯설고 외로워 견디기 힘들었는데, 요즘엔 하루하루가 보람차다고 했다.

나는 도대체 어떤 일이 팔순에 가까운 노인에게 이런 에너지를 줄까 궁금했다. 그러나 그 궁금증은 곧 풀렸다.

할머니는 며칠 동안 교민가정을 심방하고 버펄로에 사는 아들집으로 돌아가는 길이라고 하셨다. 할머니가 이렇게 먼 곳에 사는 교포 가정까지 심방을 다니는 데는 다 그럴만한 이유가 있었다.

미국으로 이민 와 살고 있는 교포들의 경우, 대부분 부부문제, 자녀문제, 교육문제, 사회적응문제 등 여러 가지 갈등과 고민을 안고 산다. 할머니는 한인교회에 다니면서 이러한 사실들을 알게 되었고, 그로부터 비가 오나 눈이 오나 가리지 않고 우리 교민이 있는 곳이면 그 어디라도 심방을 다니게 되었다고 한다.

할머니는 내가 대한민국 공무원임을 염두에 두어서인지, 평소 당신께서 듣고 보아왔던 세상일과 조국에서 일어난 일에 대해 서슴없이 자신의 생각을 말했다.

"해외에 나와 사는 교포라면 누구나 조국 대한민국이 잘 되어 간다는 소식을 들으면 기쁘고, 반대로 좋지 않은 소식을 들으면 마음이 언짢을 수밖에 없지요. 그런데 군사정권(전두환 대통령)이 하늘의 뜻을 어기고 집권했다는 소식을 듣고, 우리 교포들은 모두 망연자실했지요. 그런 돌

출행동이 올바른 역사가 될 수는 없잖아요."

할머니는 5공화국이 들어설 낭시의 일이 떠오르셨는지 몹시 분개하며, 조국의 현실에 대해 신랄한 비판도 서슴지 않았다. 특히 한국의 교육문제를 크게 걱정하면서 독립심과 자신감, 도전하고 개척하는 용기 등은 미국 교육에서 배워야 할 것임을 충고해 주셨다.

나와 할머니는 종점인 버펄로까지 가는 4시간 동안 가정교육, 조국, 교포사회, 정치, 외교, 통일문제 등 광범위한 분야에 대해 의견을 나누게 되었다. 버스가 버펄로에 도착하니, 이미 어둑어둑 땅거미가 지고 있었다.

낯선 땅 미국에서의 교포 할머니와의 만남은 나에게 많은 생각을 하게 했다. 나는 헤어짐이 아쉬워 버스에서 내리자 말자 저녁식사 자리에 모시겠다고 제의했다. 그러자 할머니는 극구 사양하면서 내 손을 잡더니 무엇인가 손에 쥐어 주었다. 손을 펼쳐 보니 5달러짜리 지폐였다.

"할머니 저 돈 있습니다. 오히려 제가 드리려고 하는데요."

나는 송구스러워 그 돈을 다시 돌려드리려 했다. 그러자 할머니는, '내가 더 주고 싶은데 가진 돈이 이것뿐이라서….'라고 말꼬리를 흐렸다. 그리고선 오늘 나와 말동무가 돼서 행복했다며 마지막 당부의 말을 덧붙였다.

"정 선생! 오늘 당신과 대화를 나눈 4시간 동안 정말 행복했다오. 그리고 당신 같은 올바른 생각을 가진 공무원이 있는 한 내 조국 한국은 희망이 있다고 믿게 되었다오. 내 나이 내년에 팔십이오. 이제 몇 해를 더 살겠소. 어차피 조국에 묻힐 수 없는 몸이지만 나는 떳떳한 한국인으로 살다 죽으려 하오. 나는 미국 시민권을 가지고 살고 있지만 내 피는 속일 수 없는 한국인이기 때문에 내 조국을 사랑할 수밖에 없어요. 이 돈 너무 적은 돈이지만 귀국할 때 이 돈을 보태서 당신 어머니께 선물을 사 드려요. 그리고 미국에 교포 노인이 당신이 아들을 훌륭하게 키워주신데 대하여 감사한다는 뜻도 함께 전해 주세요. 정 선생! 항상 건강하셔야 해요. 정 선생이 조국의 발전에 기여하는 일꾼이 되게 해달라고, 먼 미국 땅의 교포 노인이 늘 하나님께 기도한다는 것도 잊지 마시고요."

할머니는 성함도 전화번호도 알려 주지 않고, 식사 제의도 뿌리친 채 내 손에 5달러짜리 지폐 한 장을 쥐어 주곤 어둠 속으로 홀연히 걸어갔다.

그로부터 30여 년이 흐른 지금, 그 교포 할머니는 무엇을 하고 계실까? 나에게 마지막으로 남긴 말처럼, 저 먼 하늘나라에서도 내가 조국의 발전에 기여하는 일꾼이 되기를 기도하고 계실까?

그 교포할머니가 주신 돈으로 사다드린 선물을 받고 기뻐하셨던 나의 어머니도 지금은 세상을 떠나고 안 계시다. 그리고 살아 계신다면 110세에 가까운 연세가 되셨을 그 교포 할머니도 먼 하늘나라로 가셨을 것이다.

30년 전 저 먼 미국 땅에서 보았던 교포 할머니는 비록 초라한 광목 치마저고리에 비녀 꽂은 남루한 모습이었지만 그 정신적인 기품만은 꼿꼿하고 당당했던 전형적인 한국 여인의 표상이었다. 눈이 쌓인 겨울 풍경을 보니, 그 어느 해 겨울보다도 따뜻했던 그분과의 추억이 새삼 그리워진다.

2 상생의 자원봉사로 모두가 행복한 세상 만들기

– 자원봉사는 새 세상을 열어가는 원동력

자원봉사는 아무런 대가 없이 남을 위하여 자기가 가진 마음, 물질, 노력을 바치는 것이다. 그래서 자원봉사를 하면 자기 스스로 즐겁고 행복해지며, 예상하지 못한 좋은 경험을 통하여 자기 성장을 가져온다. 오늘날에는 자원봉사자의 많고 적음, 봉사의 질이 높고 낮음이 선진국과 후진국, 선진사회와 후진사회를 구별하는 잣대가 되고 있다.

이런 관점에서 볼 때 아리스토텔레스의 행복론은 다시 한 번 새겨 볼만 하다. 그는 좋은 삶이란 '행복'을 추구하는 삶이며, 개인이 가진 덕성이 다른 사람들에 의해서 좋은 평가를 받을 때 좋은 삶을 사는 것이라고 보았다. 즉 사람들간의 유대의식이 있어서 공동체의 공공선(公共善)을 추구하는데 앞장서고, 이로 인해 사회인으로서의 자질을 인정받는 것이야 말로 삶의 목적인 행복이라고 보았던 것이다. 현대적인 의미로 본다면 이는 '노블레스 오블리주'에 해당할 것이다.

여기 그런 감동적인 상생의 이야기가 있어 소개해 본다. 이들의 처음은 조건 없는 선의에서 시작되었으며, 그 인연이 발전하여 상생하고 더나아가 인류의 발전에 공헌했다. 이야기는 이렇게 시작된다.

영국 귀족의 아들이 시골로 여행을 갔다. 그는 밤낚시를 하다가 수영실력을 믿고 물에 뛰어들었다. 그러나 갑자기 발에 쥐가 나 구해 달라고 소리를 질렀다. 이 소리를 듣고 이 마을 농부의 아들이 달려와 귀족의 아들을 살려냈다. 귀족의 아들은 자신의 생명을 구해준 그 농부의 아들과 친구가 되었다. 둘은 서로 편지를 주고받으며 우정을 키워나갔다. 어느덧 세월이 흘러 농부의 아들이 초등학교를 졸업하자 귀족의 아들이 물었다.

"넌 커서 뭐가 되고 싶니?"

그러자 농부의 아들은, "의사가 되고 싶어. 하지만 우리 집은 가난하고 형제자매도 아홉 명이나 있어서 집안일을 도와야 해."라고 말했다.

귀족의 아들은 가난한 농부의 아들을 돕기로 결심하고 아버지를 졸라 그를 런던으로 데리고 갔다. 결국 그 농부의 아들은 런던의 의과대학에 다니게 되었고 그후 포도당 구균이라는 세균을 연구하여 '페니실린'이라는 기적의 약을 만들어냈다. 이 사람이 바로 노벨의학상을 받은 '알렉산드 플레밍'이다.

또 그의 학업을 도운 귀족 소년은 정치가로 뛰어난 재능을 보이며 26세의 어린 나이에 국회의원이 되었다. 그런데 이 젊은 정치가가 나라의 존망이 달린 전쟁 중에 폐렴에 걸려 목숨이 위태롭게 되었다. 그 무렵 폐렴은 불치병에 가까운 무서운 질병이었다. 그러나 농부의 아들인 알렉산드 플레밍이 만든 '페니실린'이 급송되어 그의 생명을 구해낼 수 있었다.

이렇게 농부의 아들이 두 번이나 생명을 구해준 이 귀족 소년은 다름 아닌 영국 민주주의의 초석이 된 '윈스턴 처칠' 수상이다.

어릴 때 한 사람의 우연한 선의로 맺은 우정이 평생 동안 계속되면서 이들은 서로의 삶에 희망과 생명이 되어 주었다. 만약 우리들 중 누가 다른 사람에게 새로운 세계를 열어줄 수 있다면, 그런 봉사하는 삶은 결코 헛되지 않을 것이다.

　대학 2학년 시절 7월 중순 어느 날, 난 지금의 청주 고인쇄박물관 근처에 살던 후배로부터 점심식사 초대를 받았다. 기쁜 마음으로 후배의 집에 도착하니 먹음직한 밥상이 들어왔다. 그런데 수저를 들려는 순간 바깥이 소란스러웠다. 누군가가 다급하게 '애가 저수지에 빠졌다'고 울부짖고 있었다.

　나는 맨발로 골목을 빠져나와 저수지로 뛰어갔다. 어린 두 학생이 방금 전 쏟아진 소나기를 맞았는지 옷이 흠뻑 젖은 채 울고 있었다. 학생들이 가리키는 저수지로 몇 사람이 입수한 지 10분쯤 지나서 한 사람이 여기 있다고 소리쳤다.

　저수지 밖으로 건져진 학생은 이미 기절한 상태였다. 나는 학생을 엎어 놓고 먼저 항문을 보았다. 항문이 완전히 벌어지지는 않았다. 나는 먼저 인공호흡을 하여 살려야겠다는 생각이 들었다. 반듯하게 누이고 입속에 꽉 차 있는 진흙과 풀을 파내고 혀를 잡아당긴 후 땅바닥에 엎드리게 하였다. 그리고 등을 몇 번 눌렀더니 입으로 물이 쏟아져 나왔다. 보리쌀알도 나왔다. 다시 바로 누이고 가슴에 손을 얹어 가볍게 눌렀다 떼었다를 반복하면서 내 입을 학생 입에 대고 3초 간격으로 그 학생의 입에 공기를 불어 넣었다. 그로부터 1시간쯤 지났을까. 의사와 간호사가 함께 왔다. 의사는 주사 한 대를 놓고 나더니 심장마비로 숨졌다면서, 나에게 인공호흡을 중단하라고 했다. 그게 전부였다. 의사는 더 이상 할 게 없다며 가버렸다. 의사와 함께 달려왔던 담임선생님도 아무 말 없이 의사 일행을 따라 돌아갔다.

　모였던 사람들도 다 떠나고 남은 건 나와 학생시체뿐이었다. 시체를 놓고 떠날 수 없어 이제나 저제나 1시간여를 기다리고 있는데, 한벌학교 쪽에서 여자 한 분이 울면서 내려오고 있었다. 가까워졌을 때 보니 머리가 반백인 할머니였다. 이 할머니는 학생을 보자마자 끌어안고 통곡을 했다. 내가 학생의 할머니냐고 묻자 울음이 좀 진정된 후, 죽은 학생이 자신의 늦둥이 아들이라고 밝혔다. 내가 아빠나 형 등 다른 가족들에게 알려야 하지 않겠느냐고 했더니, 알려야 별 소용없다면서 장례를 치르겠다고 했다.

나는 죽은 학생이 다니던 한벌 학교에 가서 리어카를 빌렸다. 그리고 적십자사에 전화하여 충북체육관 앞으로 광목을 보내달라고 부탁했다. 나는 학생을 태운 리어카를 앞에서 끌고, 엄마는 울면서 그 뒤를 따랐다.

체육관 앞에 다다르니 적십자 앰뷸런스가 와 있었다. 광목으로 학생을 둘둘 말아 리어카에 다시 태우고 경사 급한 내수동 고개를 올라가는데 한여름이라 땀이 흘러 등을 흥건히 적셨다. 검정 팬티에 양옆으로 흰줄이 있는 학생시체를 끌고 올 때는 사람들이 대수롭지 않게 보더니, 광목으로 싼 시체라는 걸 알아보고는 기겁을 하고 피했다.

나는 시계탑에서 좌측으로 꺾어 계속 리어카를 끌고 갔다. 얼마를 가다 보니 공동묘지가 보이는 외딴 집이 있었다. 나는 그 집에서 삽과 괭이를 빌려 공동묘지 양지바른 언덕에 땅을 파고 그 학생을 묻었다. 착잡한 마음으로 돌아오는 길에 삽과 괭이를 돌려주고 학생의 엄마와는 도축장 길에서 헤어졌다. 빈 리어카를 끌고 내수동 고개를 내려와 한벌학교에 반납했다. 불과 4시간여 만에 가난한 집 늦둥이 어린 학생은 이렇게 세상을 마감하고 땅에 묻혔다.

허무했다. '산다는 게 별 게 아니구나!' 하는 생각에 한동안 우울한 나날을 보냈다. 그리고 근3개월 동안은 그 학생의 얼굴이 문득문득 떠올랐다. 젊은 날 나에게는 너무나 큰 충격이었다.

그렇게 1년을 보낸 그 이듬해 여름. 영동군 양산면 송호리에서 충북 도내 남녀 중·고교 청소년 적십자단 여름 강습회가 8월 1일부터 6일간 열리고 있었다. 나는 대학생 지도자의 신분으로 여름 강습회에 참석했다.

강습회 기간 동안 나는 몇 명의 대학생과 학생들의 교육을 보조했다. 그러던 8월 3일 오후 3시 40분경 사람이 물에 빠졌다는 소리가 들려왔다. 학생 몇 명이서 수영 안전지역을 이탈하는 사고가 발생했다. 중간중간 대학생들이 지켰음에도 물속으로 몰래 빠져나간 것이다.

강습장 강가에는 큰 바위가 하나 있었는데, 동네 꼬마들이 바위 위에 올라가 다이빙을 하는 것이 자주 목격되곤 했다. 그러나 그 바위 밑엔 물이 깊고, 또 휘감아 돌아서 익사사고가 자주 나는 곳이었다. 그런데 몇몇 학생들이 수차례 경고를 무시하고 그 바위 밑에까지 갔던 것이다.

내가 뛰어서 그 바위 근처에 갔을 때, 낚시꾼 한 사람이 '여기 있다'고 소리쳤다. 그로부터 얼마 후, 물에 빠진 학생 한 명을 건져 올렸다. 학생은 충주중학교 2년생인 이군이었다.

나는 강둑에 그 학생을 누이고 맥을 짚었다. 파르르 약한 경련이 있었다. 비록 항문이 벌어져 있었지만 포기할 수 없어 급히 인공호흡을 시작했다. 그로부터 2시간쯤 지나 의사가 오더니 주사 한 대 놓고 나서는 심장마비로 숨졌단다.

심장마비, 참 편리한 말이다. 그것은 '숨을 안 쉬니 죽더라'는 말과 다를 바 없었다. 심장이 멈추어 죽었다니 말이다. 이번 인공호흡도 허사였다. 학생들은 밤새도록 시체를 지키며 울었다. 여름 강습회 기간 중 이군이 자기 엄마에게 쓴 편지는, 우리들 가슴을 찢어지도록 아프게 하였다.

이튿날 적십자 사무국장은 나에게 시체운구를 맡겼다. 영동에서 수의를 사다 입히고 관에 넣고 아침 8시경 앰뷸런스로 출발하였다. 크레졸을 뿌리며 청주를 향해 달렸지만 비포장도로는 속력을 낼 수 없었다. 해가 넘어갈 때가 돼서야 청주 적십자 사무실 앞에 도착했다. 기다리던 김성열 총무과장은 나를 보고 차에서 내리라고 하였다. 지금 이군 부모가 적십자 사무실에 와서 유리창 깨고 난리를 치고 있으니 너도 피해를 입을 수 있다는 것이었다.

나는 앰뷸런스를 타고 그대로 들어갔다. 이군 관을 부여잡고 통곡하던 부모는 결국 실신하고 말았다. 나는 그 부모를 앰뷸런스에 태우고 충주로 향했다. 밤 10시경이 돼서야 충주 이군의 집에 도착했다. 밤 11시쯤 트럭에 이군의 관을 싣고 장지인 괴산군 불정면 이군의 고향으로 떠나는 것을 보고, 나는 그 뒤를 따라가다가 대소원에서 작별하고 청주로 향했다.

그로부터 1주일쯤 지났을까. 청주시내 남녀 중·고 적십자단 대표들이 청천양로원에 위문 가기 위해 시외버스 터미널에 모였다. 그때 이군의 어머니가 그곳에 나타났다. 그는 우리들에게 사고 현장에 있던 정씨 성을 가진 사람이 누구냐고 물었다. 일행은 나를 쳐다보고 있었다.

그 어머니가 나를 찾은 사연인즉, 용한 사람이 말하기를 "사고 현장에서 당신 아들을 살리려고 애쓴 정씨 성을 가진 사람이 있는데, 그 사람 은혜를 잊어서는 안 된다.”고 했다는 것이다.

이군의 어머니는 나에게 그런 사연을 전하면서, 다음 주말에 꼭 충주 자기네 집을 방문해 달라고 요청했다.

그 후 나는 충주에 사는 이군 어머니를 찾아갔다. 이군의 어머니는 나에게 “나는 아들 하나만을 믿고 오늘날까지 살아왔는데 이제 희망이 없다. 학생이 내 아들이 되어 주면 좋겠다.”고 어렵게 말을 꺼냈다. 나는 흔쾌히 어머니로 모시겠다고 약속하였다.

그날 이군의 어머니와 나는 버스도 다니지 않는 시골에 있는 이군 묘에 갔다. 그리고 그 동네에서 준 고구마 한 자루를 짊어지고 대소원을 향하여 20여 리 산길을 걸었다. 호젓한 산길엔 들국화가 만발했다. 나는 활짝 핀 들국화 꽃다발을 만들어 어머니께 드렸다.

그후 나는 그분이 돌아가실 때까지 35년간 그분을 친어머니처럼 모시려고 노력했다. 하지만 지나고 보니 아쉬움이 많다. 추운 겨울날, 이군의 무덤 곁에 그분을 모시고 돌아오는 길에 나는 하염없이 눈물을 흘렸다.

인연이란 무엇인가? 사람은 누구나 실타래같이 얽히고 설켜서 세상을 살아간다. 어떤 사람은 세상을 떠난 후에 모든 사람들이 그를 그리워하고 아쉬워하는 반면에, 또 어떤 사람은 세상을 떠난 후에 그 어느 누구도 아쉬워하는 이가 없는 경우도 있다. 어떤 사람이 자기 욕망 위주로 자기밖에 모르는 인생을 살았다면 그 생은 분명 잘못 살았다는 평가를 받을 것이다. 그에 반해, 이웃을 사랑하고 이웃과 함께 봉사하는 이타적인 삶을 살았다면 훗날 많은 사람들로부터 본받을 만한 사람이라고 존경받을 것이다.

자원봉사는 특정한 사람이 하는 특별한 일이 아니다. 누구나 마음만 먹으면 당장이라도 할 수 있다. 우리 모두가 세상일에 자원봉사자로 나선다면, 따뜻한 정이 넘치는 모두가 행복한 사회가 될 것이다.

3 상산부락 농활의 겨울이야기

내가 '죽어도 산 척한다'는 중원군(현, 충주시) 산척면에 간 것은 1958 년 고2 겨울방학 때였다. 당시 적십자 충북지사에서는 단원들을 대상 으로 농촌봉사대를 조직하여 대대적인 농촌봉사활동을 벌이고 있었다. 지금이야 남녀공학 학교도 많고 남녀의 직업도 구분이 없지만 당시는 달랐다. 우리 남자대원들은 중원군으로, 여자대원들은 옥천군으로 각 각 나뉘어 봉사활동을 하게 되었다.

나는 설레는 가슴을 안고 이른 아침 청주역으로 향했다. 벌써 많은 대원들이 역 광장에 모여 있었다. 우리는 인솔 대장의 지시에 따라 충 북선 기차를 탔다. 기차는 충주역을 지나 산척역을 향해 달렸다. 그런 데 이상한 일이 벌어졌다. 목행역을 지나 산척역으로 가는 기차가 조금 전과는 달리 아기걸음으로 가고 있는 것이 아닌가. 나중에 알고 보니, 충북선 철로가 목행역에서 봉양역까지 연장개통 된지 1개월여 밖에 되 지 않아 서행하며 시험운행 중이었다는 것이다. 오지 마을에 기차역이 생기고 기차가 다니게 되었으니 얼마나 좋았을까. 그래서 인지 충북선 연장 개통식날 산척역 앞 광장에서는 500여 명의 인근 주민들이 모여 잔치를 벌였다고 한다.

우리 단원들은 봉사활동 지역인 산척역에 하차한 후, 10여리를 걸어 산척면사무소에 도착했다. 그리고 그곳에서 나는 다시, 면장이 사전에 통보해 놓았다는 서곡리 이장 댁으로 향했다. 그런데 봉사활동 첫날부 터 실망스런 일이 발생했다. 마을 일도 돕고 어린 학생들 공부도 지도해 주겠다는 나의 봉사활동 포부를 턱수염을 기른 60대 초반의 이장이 단칼에 거절했다. 이 동네는 필요 없으니 다른 동네나 가보라는 것이었다. 외지에서 온 사람들에 대한 경계려니 하고 이해하려 했지만, 야속함과 서운함은 쉽게 떨쳐지지 않았다.

하는 수 없이 나는 다시 산척면사무소로 돌아올 수밖에 없었다. 그리고 함께 봉사활동을 온 청주사범학교에 다니던 이범우, 한광남을 찾아가기로 마음먹었다. 그 두 친구는 지금 상산부락에 머물고 있다고 했다. 나는 두 친구가 열심히 봉사활동을 하고 있을 거라 생각하니 괜히 마음이 조급해졌다.

이미 날은 저물고 점심식사도 거른 상태라서 몹시 배가 고팠다. 그런데다가 눈 쌓인 낯선 시골길 십여 리는 왜 그리 춥고 긴지, 어둠이 내려앉자 배고픔과 무서움이 동시에 밀려왔다.

그렇게 힘들게 상산부락 아랫마을에 가니, 중학교 동창인 두 친구가 반갑게 맞아 주었다. 나는 울컥 눈물이 났다. 반나절 동안의 고생이 두 친구와의 뜨거운 포옹을 통해 보상받은 느낌이었다.

우리 세 친구는 아랫마을 권오석씨 댁에 10여 일간 머물면서 마을 눈길도 쓸고 초등학생들 공부도 가르치며 보람찬 나날들을 보냈다. 또 윗마을 윤창규씨 댁에 가서는 가마니 짜는 일을 도와주는 등 주민들과 함께 어울리며 농촌생활의 재미를 함께 나눴다.

농촌에서의 긴긴 겨울밤은 화롯불 주위에 모여 앉아 나누는 이야기처럼 정겨운 추억이 많이 담겨 있어 좋았다. 마을 아주머니께서 손수 만들어 준 메밀묵 밤참을 먹으며 즐거워했던 기억, 밤새도록 수북이 쌓인 눈 위에 난 큰 짐승 발자국을 따라 동굴에 들어갔던 기억, 그리고 그

동굴에 연기를 피우며 짐승이 나오기를 기다리다가 콜록이며 서로의 얼굴에 묻은 숯검정을 바라보며 깔깔 웃던 기억 등 많은 추억들이 그해 겨울의 함박눈처럼 소담스럽게 내 가슴 속에 쌓여 있다.

특히 소박한 상산부락 사람들 중에 우리보다 한 열 살쯤 위인 용식씨 생각이 난다. 6.25 전쟁 때 인민군으로 내려와 그 마을 윤씨 할아버지 양자가 되었다는 용식씨. 한없이 착하고 명랑했던 그는 우리들을 아주 좋아하며 많은 것을 도와주었다.

이제 세월이 많이 흘러 그도 할아버지가 되었겠지. 아들, 딸, 손주들과 함께 행복하게 잘 살고 있겠지. 이런 저런 추억들을 떠올리다 보니 청소년시절의 봉사활동 경험이 내 인생에 있어 많은 깨달음과 인연을 나에게 선물해 줬다는 생각이 든다.

4 동량면 장선리 이종국 선배와의 추억

인연이란 참 희한하다. 대학을 졸업하고 육군 병장으로 만기제대한 후 공무원이 된 나는, 1967년 7월 1일자로 중원군 농촌지도소 산척지소에 발령을 받았다. 내가 고교시절 이곳 산척면으로 봉사활동 온 지 햇수로 10년만의 일이다. 당시 농촌지도소 산척지소 직원은 나를 포함해서 임금배 지소장, 이명구, 이현우, 최재연 등 5명이었으며, 우리가 담당해야 할 지역은 산척면과 동량면이었다.

부임 며칠 후 나는 동량면 각 마을을 돌아보게 되었는데, 자전거를 타고 장선리 마을 입구 냇물을 건너갈 때쯤 낯익은 목소리가 들려왔다.

"야! 상혁이 아닌가? 웬일이야? 어떻게 된 거야?"

나는 고개를 돌려 목소리가 들리는 길 건너 나무그늘 아래를 바라보았다. 순간 깜짝 놀랐다. 그곳에 같은 대학을 다녔던 이종국 선배가 빙그레 웃고 있지 않은가.

이 선배는 대학 1학년을 마치고 군에 갔다 온 복학생으로, 2학년 때부터 3년간 나와 같은 과에서 공부를 했다. 충주고 출신으로 운동도 잘하고 성격도 호탕하여 나와는 잘 통하는 사이였다.

"잘나가던 네가 고생길이 훤한 농촌지도원을 택하다니 이해할 수가 없네!"

이 선배는 실망스럽다는 듯 이렇게 말을 꺼냈다. 그 당시 이선배는 동량면 장선리에서 부모님과 함께 사과 농사를 짓고 있었다.

그날 나는, 실망스러워하는 이 선배의 눈빛을 보면서 훗날 이선배가 농민을 위해서 평생을 바치겠다는 내 각오를 이해할 날이 오도록 해야 겠다는 결심을 했다.

세월이 흘러 1975년 가을 어느 날, 이선배가 농촌진흥청에 근무하고 있는 나를 찾아왔다. 강릉농고 선생님으로 있다면서 농업분야 연구 자료를 요청하여 챙겨주었다. 그리고 또 10년쯤 지난 어느 날, 대학 후배에게서 이선배가 스님이 되었다는 소식을 들었다. 왜, 스님이 되었을까? 사람팔자 모른다지만 승복을 입고 목탁을 두드리기에 어울리지 않는 이선배인데 말이다. 나는 조용히 생각해 본다. 이곳저곳 기웃거리지 않고 오직 농민을 위해 평생을 걸어온 나의 삶이 지금쯤 이선배에겐 어떻게 비춰질까, 하고.

5 산척면 서곡리 조씨와의 해후

　중원군 농촌지도소 산척지소에 근무하던 시절 무더운 여름날 오후에 나는, 자전거를 타고 밭둑길을 가고 있었다. 그때 등 뒤에서 누군가가 나를 부르는 목소리가 들려왔다.

　"정병장님 아니세요? 여보세요, 정병장님!"

　자전거를 세우고 뒤를 돌아보니 어떤 남자가 원두막에서 내려와 맨발로 달려오고 있는 게 아닌가.

　"맞네요, 정병장님! 저 기억나세요?"

　그 남자가 내 손을 덥석 잡으면서 반가워했다. 그런데 나는 도무지 누구인지 알 수가 없었다. 우리 두 사람은 원두막으로 올라가 마주 앉았다. 그 남자는 자기는 조아무개인데 2년 전 36육군병원에서 제대했다고 자기를 소개했다. 나는 여전히 의아했지만 예의상 작년에 제대하고 지난 7월 1일 산척지소에 왔다고 말을 건넸다.

　그러자 대뜸 그 조씨라는 남자가 호탕하게 웃으며 나에게 말했다.

　"정병장님은 오래 사실 겁니다. 100년은 거뜬히 사실 거예요. 왜냐하면 하도 욕을 많이 먹어서 말이죠."

　사연인즉, 내가 1960년대 초반 36육군병원 등록과에서 입·퇴원 사무를 보고 있을 때의 일이다. 매월 20일경이면 150여 명의 환자가 제대를 하여 귀향하는데 이들 중 2/3는 보상금을 받는다.

　이 중 충북 출신 제대자는 20명 정도였다. 문제는 보상 제대가 있는 날 부산 쓰리꾼(소매치기) 60여 명이 36병원 앞 시내버스 종점에 와서

대기하고 있다가 제대자들 돈을 쓰리하는 것이었다. 우리 과에서는 제대자들에게 돈 보관 잘하라고 부탁을 하지만 매월 몇 명씩 돈을 털렸다는 소문이 나돌았다.

나는 충북 출신들만이라도 무사히 보상금을 갖고 집으로 돌아가게 해주고 싶었다. 그래서 우리 과에서 제대증을 줄 때 충북 출신들 제대증은 내가 가지고 경리과로 데려가서 현금수령을 했다. 그리고 보은 출신 수송부 김중사가 보낸 앰뷸런스를 타고 마산 시내 농협으로 가, 보상금 중 여비만 빼고 잔액을 귀향지 본인 앞으로 송금했다. 그렇게 다시 여비만 따로 챙겨 마산역으로 달려가 기차표를 사서 주고 그들과 작별인사를 했다. 그래서 보상금을 손에 한 푼도 쥐어 보지 못한 충북 출신들은 불만이 많았다.

"정병장, 저 새끼 보은 놈이지. 어디 두고 보자. 지가 뭔데 남의 돈을 강제로 송금해 주냐고! 나쁜 놈!"

조씨는 그 당시 충북 출신 제대자들 모두 이렇게 욕을 퍼부었다고 말했다.

타시도 출신 제대자들은 보상금을 들고 돈이 떨어질 때까지 여기저기 돌아다니다가 마지막에 맨손으로 집에 돌아가기 일쑤였다. 그러나 충북 출신 제대자들은 송금하여 수중에 돈이 없으니 고향집으로 바로 갈 수밖에 없었다.

조씨는 귀향하던 날 고향 뒷산에 숨어 있다가 밤 10시 넘어서 집에 들어갔다고 한다. 그리고 3개월 동안 문밖에 전혀 나오지 않았다고 한다. 병들어서 제대했다는 말도 듣기 싫고, 또 사람 만나는 것이 괴로워서였단다.

그런데 그해 가을 마을에 있는 밭 600평이 매물로 나왔다는 소식을 듣고, 예금되어 있던 보상금으로 그 밭을 구입했단다. 올봄에 결혼도 했고 그 밭에 2년째 참외를 심었단다. 바로 우리 두 사람이 앉아 있는 원두막 아래의 참외밭이 그때 그 보상금으로 구입한 밭이라고 했다.

여름날 오후 반짝 반짝 빛나는 짙푸른 참외 넝쿨과 노란 참외를 보는 내 마음도 참외밭 주인이 된 조씨만큼 흐뭇했다.

"정병장님! 고맙습니다. 제 생명의 은인입니다. 그때 그 보상금을 강제 송금해주지 않았다면 나는 죽었을 겁니다."

조씨의 과분한 칭찬을 들은 그날 저녁에는 조씨 부인이 정성껏 차린 밥상도 함께 받았다.

나는 지금, 그때의 일들을 회상하며 조형에게 편지를 쓴다.

〈 조형! 되돌아보니 어언 45년이 지났네요. 잘 계시는지요? 제가 젊은 날 정의감에서 충북 출신 제대자들의 보상금을 강제 송금한 것인데, 그날 분에 넘친 조 형의 칭찬을 듣고 많은 것을 깨닫고 생각하게 되었습니다. 특히 '현재는 욕을 먹더라도 훗날 정당한 평가를 받을 일이라면 주저할 것 없이 과감하게 실천하라'는 교훈을 주신 점에 대해선 다시 한 번 감사를 드립니다…… 〉

6 동량면에 불 밝힌 4-H클럽 운동

중원군 농촌지도소 산척지소에 근무할 때 나는 하숙을 했었는데, 그 하숙집에는 면사무소, 우체국, 파출소 등 외지에서 온 공무원 9명이 함께 하숙을 하고 있었다. 나를 제외한 8명은 퇴근해 하숙집에 오면, 저녁식사 후 마작을 하는 것이 일과였다.

나는 저녁식사를 하고 나면 농구화 차림에 자전거를 타고, 동량면 관내 마을로 향하였다. 가까운 길은 왕복 8km, 최대 먼 길은 삼탄, 공전, 방대리까지 왕복 28km이었다.

이 동량면 관내 마을은 충주까지 60리 거리인데, 중학교 진학자는 극소수였다. 나는 학교 진학을 못한 청소년들을 위주로 월요일부터 금요일 저녁까지 동량면 내 전체 마을을 5개 그룹으로 묶어, 4-H부원들을 요일별로 한마을에 모이게 하였다.

그렇게 매일 밤 3~4개 마을 50~60여명 4-H부원들이 부잣집 마당에 모이면 먼저 4-H클럽 서약과 '네 잎 다리 클로바에 우리 깃발은…'으로 시작되는 '4-H노래'를 모두 합창했다. 이어서 과제장 검사를 하고 중학교 과정 통신강의록 수업이 시작되었다. 그때 나의 한 달 봉급은 13,000원이었는데 우체국에서 6,500원을 서울로 보내면 통신강의록이 왔다. 1년에 몇 번을 보냈는지는 기억이 나지 않지만 여하튼 당시로서는 아주 엉뚱한 일이었다. 그때 4-H부원들이 즐겁게 배우는 모습은 나의 큰 기쁨이었고 보람이었다. 특히 야학을 해주는 공무원 선생님이 고맙다며 밤과 고구마를 쪄오고, 메밀묵과 도토리묵, 옥수수 등을 가져오던 4-H부원들을 잊을 수가 없다.

농촌 청소년들에게 희망을 준 4-H클럽 운동은 훗날 새마을 운동을 성공하게 한 뿌리가 되었다. 또 4-H클럽 부원들은 농촌 근대화의 주역인 농촌지도자를 많이 배출하여 우리나라 농촌을 부흥시킨 중대한 사업이었다.

밤 12시쯤 야학을 끝내고 하숙집으로 돌아오는 30여 리의 어두운 밤길은, 비포장 산길이라서 미끄러져 자전거는 자전거대로, 내 몸은 몸대로 내동댕이쳐져 팔다리에 피멍이 든 게 한두 번이 아니었다. 그러나 그런 상처보다도 내 마음을 더 아프게 한 것은, 내가 집에 돌아오는 새벽1시까지 마작을 하던 동료들이 "정 주사! 그렇게 일하면 봉급 더 주냐?"고 비아냥거릴 때다. 수고한다는 말은 못할망정 무례한 그런 말 한마디는 정말 내 마음을 아프게 했다.

세월이 흘러 내가 농촌진흥청이나 환경청에 근무할 때 출장길에 우연히 몇 사람의 하숙 동료를 만났다. 어떤 이는 나에게 '누구 빽으로 상급기관 갔느냐?' 고 말하는 이도 있었지만, 내 인생에 제일 행복했던 기간은 농촌지도사업에 내 청춘을 아낌없이 바친 산척지소에 근무한 그때였다.

그 시절 또랑또랑하던 그 어린 4-H부원들도 이젠 할머니, 할아버지가 되어 있겠지? 햇병아리 공무원 시절 나의 작은 봉사가 배움의 희망을 잃고 살았던 청소년 4-H부원들에게 조그마한 희망의 불꽃이 되었다면 참으로 다행스러운 일이라는 생각을 해본다.

7 '뫼비우스의 띠' 같은 인연의 끈

- 잊지 못할 두 후배 이야기

'명분(名分)'과 '실리(實利)'라는 말은 서로 대치되는 말처럼 느껴지기도 하지만, 세상을 살다 보면 그 모두를 함께 어우르며 사는 지혜가 필요할 때도 있다.

1970년대 중반, 나는 농촌진흥청에 근무하고 있었다. 당시 전작지도과에는 충주 출신인 지용근 후배와 영동 출신인 전태하 후배가 서로 마주보며 근무하고 있었는데, 동년배인 그들의 우정이 남달라 우리는 그들 사이를 부러워하기도 했다.

그러던 어느 날, 지용근이 소화가 안 된다며 수원 시내 내과병원에 갔다가 덜컥 입원을 하였다. 걱정스런 마음에 문병을 갔더니, 병원 원장이 며칠 있으면 완치될 거라며 대수롭지 않게 여겼다.

그런데 그로부터 10일 후, 지용근이 서울대 병원으로 이송되었다는 소식을 들었다. 나는 무슨 일인가 싶어 급히 서울대 병원으로 면회를 갔다. 그런데 알고 보니 수원 병원에서의 오진으로 인해 급히 이곳으로 이송하여 복막염 수술을 했으나, 너무 늦었다고 했다. 그런 절망적인 사실도 모른 채, 용근은 중환자실에 누워 있었다.

며칠이 지나 내가 세 번째 면회를 갔을 때 용근은 독실에 있었는데, 밤 10시쯤이 되어 충주 고향에서 용근의 형이 왔다. 그 형은 병실 문을 들어서자마자 숨을 몰아쉬는 동생을 부여잡고 한없이 흐느꼈다. 그 형역시 한쪽 눈이 장애였고, 낡은 잠바 차림에 해진 농구화를 신고 있는 것을 보니 사는 형편이 어려워 보였다. 그 두 형제의 모습을 보고 있으려니, 나도 모르게 눈물이 흘렀다.

내가 7급 공무원으로 첫 발령을 받았던 중원군 농촌지도소 산척지소에 있을 때, 동량면 화암리(꽃바위)에 가 본 적이 있었다. 동량면 소재지에서 남한강 줄기 따라 갈대 우거진 강변길을 3시간쯤 걸어서 도착한 화암리는, 충주에 가려면 배를 타고 강을 건너야 하는 아주 산골 오지였다. 그곳이 용근의 고향이었다.

울고 있는 용근의 형을 달래던 친척 분이, 여러 남매 중 유일하게 공부를 한 용근이는 가족, 친척, 마을의 희망이었다고 귀띔했다. 그로부터 이틀 후 용근은 세상을 떠났다. 시신을 수원 주공아파트 용근의 집으로 옮겼다.

그날 오후에 용근의 장인과 직장 상사인 강 과장 등 5명이 오진을 한 수원 내과 병원에 가서 책임 여부를 따졌다. 그러나 헛걸음이었다. 어두워 돌아온 일행의 얘기는 병원장이 오진을 강력히 부인하고 시신을 병원으로 옮기겠다고 하니 마음대로 하란다는 것이다.

이튿날 아침, 강과장이 나를 찾는다 하기에 갔더니 아무래도 정군이 가야 될 것 같다면서 동행을 요청했다. 장인과 나, 강과장, 그렇게 3명이 병원으로 가서 원장을 만났다. 원장은 절대로 오진이 아니었다고 항변했다. 2시간여를 논쟁했으나 양쪽 의견차가 너무 컸다. 원장은 진료를 해야 한다며 나가고, 대신 길 건너 산부인과 원장인 부인이 들어왔다. 부인과 1시간 동안 얘기했으나 내용은 똑같이 오진은 있을 수 없다는 주장이었다.

12시가 되자 부인은 일어서면서 자기는 더 말할 것이 없으니 법으로 하려면 하라는 것이었다. 이때까지 어른들 말을 듣고만 있던 나는 더 이상 타협이 안 되겠다는 생각이 들었다. 나는 그 부인의 소매를 잡고, 차분하게 나의 생각을 전달했다.

"사모님! 두 분이 걱정하는 것은 오진했다는 불명예 때문이시지요? 이 시간 이후에 오진이란 말은 하지 않겠습니다. 대신 한 가지 제안을 하겠습니다. 고인은 18평 할부 아파트에 살고 있는 가난한 공무원입니다. 고인에게는 어린 두 아들이 있는데 장래 교육이 문제입니다. 원장님께서는 평소 가난한 학생들에게 장학금을 주신다는 말을 들었는데, 이 형제가 원장님 내외를 원망하지 않고 훌륭하게 자라도록 도와주셨으면 좋겠습니다."

순간 그 원장 부인은 잠시 놀라는 표정을 짓더니, 내 손을 잡으며 안도의 웃음을 지었다.

"고맙습니다. 그렇게 하겠습니다. 죄송하지만 얼마나 드리면 될까요?"

부인은 드디어 해결점을 찾은 듯 나의 제안을 받아들였다. 나도 이제는 됐다 싶어 '사모님께서 마음 편하게 결정하시라'고 말을 건넸다.

30여 분을 기다렸을까. 원장이 1천만원을 신문지에 싸서 가져왔다. 나는 그 돈을 들고 가까운 은행에 가서, 용근의 큰 아들 이름으로 통장을 새롭게 만들었다.

돌아오는 길에 강과장은 대견하다는 듯 나에게 물었다.

"정군! 정말 대단해. 어떻게 장학금 생각을 다 했어?"

나는 좀 쑥스러워하면서 평소의 내 소신을 차근차근 말했다.

"타협이 안 되는 마지막 순간인데 상대방을 더 이상 압박할 게 아니라 정반대로 자유롭게 풀어주면서 인간적인 호소를 해야겠다는 생각이 들었습니다. 그래서……."

1천만원이라는 돈은 당시 수원의 20평형 아파트 5채 값이었으니 작은 돈이 아니었다.

장례를 치르고 원장님을 찾아가서 고맙다는 인사를 드렸다. 원장님은 오히려 고마워할 사람은 자기라면서 젊은 분이 어떻게 그런 생각을 했느냐며 이것도 인연이니 서로 도우면서 살자고 했다. 불행하게도 그 원장님은 병을 얻어 그로부터 몇 년 후 이 세상을 떠났다.

직장 후배 지용근을 저 세상으로 먼저 떠나보낸 안타까움이 많았는데, 그나마 위안이 되는 것은 그의 아들에게 장학금 통장을 만들어 줄 수 있었다는 것과 죽은 용근에게 둘도 없는 직장동료인 전태하가 있다는 사실이었다.

전태하는 지용근이 고인이 된 후, 자기 부인이 해오던 화장품 장사를 살길이 막막한 지용근 부인에게 넘겨주었다. 농촌진흥청 본청과 산하 7개 시험장 직원들을 상대로 하던 화장품 장사라서 그 수입을 포기하기란 쉽지 않았을 텐데 말이다. 남편 봉급보다 더 많은 돈벌이를 포기하고 남편 친구 부인에게 넘기다니 이는 아무나 할 수 있는 일이 아니었다.

친구의 아픔을 자신의 아픔으로 받아들이는 착한 전태하 부부의 마음. 그리고 친구를 위하여 내 손에 든 이익을 버린다는 것은 감동이 아닐 수 없다.

몇 년 전, 용근의 두 아들은 대학을 졸업하여 취직하고, 또 모두 결혼도 했다. 36세 젊은 나이에 아깝게 세상을 떠났지만 부인이 자식들을 잘 키웠으니 고마워하라고, 피반령 넘어 가덕 공원묘지에 잠들어 있는 용근에게 전하고 싶다. 아울러, 친구가 고인이 된 후에도 변치 않는 우정으로 그 가족을 돌봐준 전태하 후배에게도 이 글을 통해 감사의 말을 전한다.

세상을 살다 보면 느닷없이 불행을 겪기도 하고, 명분과 실리 사이에서 갈등하기도 하며, 또 자신이 가진 것을 베풂으로서 더 많이 행복을 얻기도 한다.

두 후배와의 인연을 회상하다 보니, 세상은 참 따뜻한 곳이라는 생각이 들었다.

마음의 그릇을
채우는 삶의 지혜

1 세 가지 벼슬 이야기

벼슬을 저마다 하면 농부 할 이 뉘 있으며
의원이 병 고치면 북망산이 저러하랴.
아이야, 잔 가득 부어라 내 뜻대로 하리라.

-김창업, 〈벼슬을 저마다 하면〉

김창업이라는 조선 숙종 때 문인은 '벼슬을 저마다 하면'이라는 시조를 통해 자연의 순리대로 살아가는 삶을 노래했다. 그러나 예로부터 사람들은 관직에 나가 높은 벼슬에 오르는 입신양명(立身揚名)을 꿈꾸었다. 권력을 쥐고 재산을 불리면서 남들이 부러워하는 출세와 명예를 얻는 것을 으뜸 목표로 삼았다. 이렇듯 인간은 '권력, 부, 명예'라는 3대 욕망에 길들여지며 목적의식 없이 살아가는 경우가 많다.

이 세 가지의 욕망을 관직(官職)을 뜻하는 순수한 우리말인 '벼슬'에 담아 풀어보고, 앞으로 우리들은 어떠한 삶을 살아야 할지 함께 생각해 보고자 한다.

첫째는, 정부가 주는 벼슬이다.

이는 정부가 인재를 발굴하는 시험(고시)을 통해서 뽑히는 벼슬이다. 이 벼슬은 오랜 기간 동안 노력하며 지독하게 공부한 결과를 통해 얻게 되므로, 아무나 얻을 수 있는 벼슬은 아니다. 그러나 이렇게 어려운 시험에 합격했을 경우에는 수십 년 동안 안정적인 생활이 보장된다.

최근에는 정권이 주는 벼슬도 있다. 일명 '낙하산'이라고도 불리는 이 벼슬은 선거 때 줄 잘 서서 일약 출세하는 벼락치기 벼슬로, 기간은 짧지만 한탕치기 영화를 누린다.

크게 한 건 해먹고 교도소 갔다가 사면 받고 나와 또 해먹는, 한국만의 유일한 철면피 벼슬길이다.

둘째는, 국민이 주는 벼슬이다.

이 역시 피나는 노력 끝에 얻게 되는 벼슬로 돈과 명예를 동시에 얻는다. 문화예술계, 언론계, 체육계, 학계, 연예계 등 사회 여러 분야에서 전국 또는 세계적 명성과 함께 얻게 되는 벼슬이다.

이 벼슬은 기간이 길고 안전성이 보장되는 벼슬이지만, 쉬지 않고 꾸준하게 노력해야 유지된다. 그러나 이 벼슬은 사회적으로 지탄받는 일을 하면 한순간에 유리창 깨지듯이 '쨍'하면서 끝장나기 일쑤다.

셋째는, 역사가 주는 벼슬이다.

생전에 의미 있게 살아야만 얻는, 후세들이 주는 최고의 영예이다. 이 벼슬은 세 가지 중에서 가장 값진 것이지만 죽은 후에 얻게 되는 벼슬로, 살아서 얻는 것이 아니라서 본인은 전혀 모른다. 이 또한 아무나 얻게 되는 벼슬이 아니기에 참으로 얻기 어려운 벼슬이다.

또한, 후세 사람들이 평가하기 때문에 아주 공정하고 오래오래 역사에 남게 된다. 이 벼슬은 살아서 벼슬에 매달린 사람들에겐 낙타가 바늘구멍 통과하기 이며, 오히려 벼슬을 거부한 사람들이 얻게 된다.

이제 우리는 벼슬에 대하여 다시 생각해 볼 필요가 있다. 과거에 벼슬은 자신과 가문의 부귀영화를 위한 것이지만, 오늘날 벼슬은 남을 위하여 헌신 봉사하기 위한 것이어야 한다.

'노블레스 오블리주'라는 말이 있다. 이는 사회 고위층 인사에게 요구되는 높은 수준의 도덕적 의무와 사회적 책임을 뜻하는 말로, 요즘과 같은 사회적, 계층적 갈등이 심한 시기에 우리 모두 그 의미를 되새겨 보아야 할 덕목이다. 특히 도덕적 의무와 사회적 책임을 다하려는 사회 지도층의 솔선수범하는 자세야 말로 국민화합과 국가발전의 원동력이 됨을 잊지 말아야 할 것이다.

2 변화와 도전을 꿈꾸는 솔개의 선택

솔개는 다른 말로 소리개라고도 불리는 날짐승으로, 학술적으로 매목 수리과에 속한다. 다른 날짐승에 비해 활동성이 뛰어나서 산지나 평지, 습지, 바닷가 등 먹이가 있을 만한 곳이면 어디에나 산다. 따라서 솔개의 먹잇감은 산토끼, 꿩, 뱀 등 포유류나 조류, 양서류, 파충류, 곤충 등 다양하다.

이러한 다양한 식성 때문인지 솔개는 태어나 40여년이 되면 발톱이 노화되어 사냥감을 잡아챌 수 없게 된다. 또 부리도 길게 자라고 구부러져 가슴에 닿게 되고, 깃털이 짙고 두껍게 자라 바람에 날개가 무거워져 하늘로 날아오르기도 힘든 볼품없는 모습이 된다.

그렇게 되면 솔개는 중요한 선택을 해야만 한다. 그렇게 지내다가 서서히 죽느냐, 아니면 고통스런 과정을 통해 새로운 삶을 살 것이냐 하는 선택을.

이때 대부분 솔개는 그대로 죽을 날을 기다리지만 일부 솔개는 바위산 정상으로 높이 날아오른다. 그렇게 변화와 도전을 선택한 솔개는 바위산 정상에 둥지를 틀고, 먼저 자신의 부리로 바위를 마구 쪼기 시작한다. 쪼고 쪼아서 낡고 구부러진 부리가 다 닳아 없어질 때까지 쪼기를 계속한다. 그러면 닳아진 부리 자리에서 매끈하고 튼튼한 새 부리가 자란다. 그리고 새로 나온 부리로 자신의 발톱을 하나씩 뽑기 시작한다. 그렇게 낡은 발톱을 뽑아버려야 새로운 발톱이 나오기 때문이다. 마지막으로 새 깃털이 나도록 무거워진 깃털을 하나하나 뽑아버린다.

그렇게 생사를 건 반년 정도의 수행과정이 지나 새 깃털이 돋아난 솔개는 완전히 새로운 모습으로 변신하게 된다. 그리고 다시 힘차게 하늘로 날아올라 새로운 30년의 삶을 더 살게 된다.

세상을 살다 보면 선택 혹은 결정을 해야 할 때가 많다. 돌이켜보면 모든 생활, 모든 삶이 다 선택이다. 선택의 순간에 연극 속 햄릿은 망설였다. 하지만 역사를 이끌고 나간 이들은 과감하게 결정을 하였다. 그리고 그 결정 하나에 세상은 변하고, 역사는 새로 써졌다.

변화를 두려워하면 모든 삶이 수동적인 과거 회귀형이 된다. 솔개처럼 고통스러운 재탄생 과정을 겪지 않고는 결코 발전적인 새로운 미래를 만들 수 없다.

3 가슴 뭉클한 어느 졸업식 훈사

- 피난지에서 치른 65명의 대학 졸업식

해마다 1, 2월은 졸업시즌이다. 그래서인지 거리를 지나치다 보면 꽃을 든 사람들을 많이 목격하게 된다. 또 대형 백화점에선 졸업선물 코너를 새로 꾸미기도 한다. 그만큼 졸업은 개인이나 사회적으로 큰 의미를 지닌다.

보통 졸업은 학업을 종료한다는 뜻으로 해석된다. 하지만 졸업을 뜻하는 '커멘스멘트(commencement)'를 영어사전에서 찾아보면 '시작'이란 뜻도 함께 담고 있다.

그런데 그렇게 축하받고 새롭게 시작해야 할 졸업식을 전쟁으로 인해 국토의 최남단 부산에서 치르게 된다면 과연 어떤 심정일까?

6.25전쟁이 한창이던 1953년 3월 21일. 부산 서구 동대신동 성균관대 임시 교사에서는 이 대학 '제3회 졸업식'이 열렸다. 전쟁 중 피난지에서의 졸업식이라 졸업생은 불과 65명 밖에 되지 않았다. 이 자리에서 창립자이자 당시 학장이었던 심산(心山) 김창숙 선생은 비통한 표정으로 훈사를 낭독했다.

손수 붓으로 쓴 2미터가 넘는 긴 두루마리 훈사를 펼쳐 든 심산 선생은, 한 치 앞을 가늠하기 힘든 전쟁 상황과 민족의 미래에 대한 애끓는 심경을 담아 훈사를 읽어 내려가기 시작했다.

"오랜 역사에도 일찍이 없었던 전화(戰禍)로 인해 국보적 존재인 성균관대학이 적비(赤匪)의 불구덩이에 날아간 것은 우리 교육계뿐 아니라 우리나라 전체의 커다란 손실이다. 남한땅 끝머리 부산 한 모퉁이의 쓸쓸한 임시 교사 밑에서 구차한 졸업식을 치르게 됐다."

훈사를 읽어 내려가던 선생의 목소리에 애통함이 묻어났다. 그리고는 어렵게 공부하여 졸업식을 맞이했음에도 그걸 소리 내어 축하할 수 없는 참담한 현실을 안타까워했다.

"우리가 이 성대한 식전을 거행하고 있는 이 순간에도 저 38선 이북 전선에서는 우리 국군 장병 몇 백, 몇 천 명이 총칼에 선혈을 뿌리고 사장(沙場)에 백골을 묻는 것을 생각해 보라. 우리가 홀로 이 안전한 후방에서 무슨 마음으로 술잔을 들어 환호하겠는가."

학생들은 선생의 애절한 훈사에 모두 고개를 떨어뜨리고 말았다. 이어 심산 선생은 학생들에게 확실한 국가관을 당부했다.

"대한민국의 현실이 어떤 위기에 처해 있는가를 날카로운 눈매로 살펴보라. 오늘날 우리 민족에게 하늘이 부여한 의무와 사명은 오직 살아도 국가와 민족을 위해 살며, 죽어도 국가와 민족을 위해 죽는다는 한결 같은 길뿐이다."

일제 강점기의 교육사상가이자 독립운동가였던 심산 김창숙 선생은 조선시대 성균관을 계승해 1946년 9월 성균관대학을 창립, 1946년에서 1956년까지 초대 학장과 총장을 지냈다.

나라가 위기에 빠져있을 때 분연히 일어나서 몸을 바쳐야 한다는 것은 선비들의 의무이자 대의였다. 마찬가지로 당시의 대학생이라는 신분은 장차 국가의 미래를 이끌어갈 동량들이기도 했다.

하여 심산 선생은 덕망과 재능을 갖춘 영재가 나라와 겨레의 원동력이 된다는 믿음으로 성균관대학의 설립에 앞장서고, 초대 학장으로 취임했다. 선생은 평소 훈시를 통해 '어떤 분야의 학술을 전공하고 터득하는 것보다도 먼저 사람다워야 한다.'는 것을 강조했는데, 이는 교육의 목표가 앎에 있음이 아니라 바른 것을 실천함에 있음을 뜻하는 말이기도 했다.

풍전등화와 같은 조국의 현실 속에서 졸업을 앞둔 젊은 대학생들에게 '행동하는 지성'이 되라는 이 훈시가, 새삼 가슴에 와닿는 이유는 뭘까 곰곰이 생각해 본다.

4 구리의 변신은 무죄

- 구리의 연금술과 조화로운 삶

  석기 시대에서 청동기 시대로 넘어가는 데 주역이 되면서 인류 문명 발달에 크게 기여한 구리. 그 구리는 아연과 합치면 누런 황동이, 주석과 합치면 푸른 청동이, 그리고 니켈과 합치면 하얀 백동이 된다. 이렇듯 카멜레온 금속인 구리는 아연, 주석, 니켈과 같은 다른 금속과 합치면서 그 용도가 넓어져, 생활 곳곳에서 널리 이용되고 있다.

  인간관계도 마찬가지다. 자기 자신만의 고고한 덕목을 지키며 살아가는 것도 가치 있는 삶이지만, 나와 남이 만나 양보와 협력을 통해 합의점을 도출하고, 이를 바탕으로 새로운 가치를 창출한다면 더 많은 사람들에게 도움을 주게 된다. 이것이야말로 더불어 사는 세상의 참 묘미가 아니겠는가?

  구리는 위와 같은 합금 특성 외에도 전성과 연성이 좋고 잘 부식되지 않으며 열을 잘 통과시킨다. 따라서 에너지와 물질을 필요한 곳으로 이동시키기에 적합하여, 전선이나 송수관으로 많이 사용된다. 또 살균작용이 뛰어나 의료용 기구로도 많이 사용되고 있다.

  이렇듯 자신의 고유한 특성으로도 많은 것을 이루어낼 수 있음에도 불구하고 새로운 물질과 결합하여 더 나은 가치를 만들어 내는 구리의 역동성은 우리들에게 많은 깨달음을 안겨 준다.

  삶의 주체자로서의 자기 정체성은 매우 중요하다. 따라서 '나'라는 개

체적인 특성은 잘 유지해야 한다. 그러나 한편으로 개인적인 삶의 일부분을 양보하거나 타인과의 새로운 협력을 통해 모두에게 유익한 공공의 가치를 새로이 창출하는 것 또한 더불어 사는 사회공동체의 참 행복이 아닐까 생각해 본다.

5 동량면 어느 협업농장의 흥망사

주민들이 모두 생활에 빈곤을 겪는 마을이 있었다. 그런데 1967년 이 마을 사람들은 자기가 가진 농토를 다 내놓고 공동경작 · 공동운영 · 공동생활을 하기로 하고 협업농장을 설립했다. 대표 지도자는 육군 대위 출신으로 면장을 지낸 서모 씨였다.

그 농장 농민들은 밤낮없이 정말 열심히 일했다. 이 농장을 농촌지도소에서는 내가, 군청에서는 이상용 농정계장이 맡고 있었다. 이 계장은 1980년 수해 때 보은군 부군수였는데, 회인면 출장 중 물난리를 만나자 맨발로 도청까지 걸어가서 보은군 수해상황을 보고한 인물이다.

겨울에도 이 농장 부인들은 눈길을 헤치면서 면내 각 마을을 찾아 떡 장수를 했고, 남편들은 가마니를 짜고 새끼를 꼬는 등 손이 부르트도록 일했다. 그렇게 부지런하게 협업을 한 결과, 2년만에 이 협동농장의 공동재산은 꽤 늘어났다. 또 이러한 성공사례가 바깥세상에 차츰 알려지면서 주목을 받기 시작했다. 중원군 내는 물론, 충청북도, 중앙정부, 언론사까지 이 마을의 성공사례는 급속도로 퍼져나갔다. 찾아오는 사람들 때문에 마을 사람들이 일을 못할 지경이었다. 또 별의별 기관이 다투어 상을 주었다. 단기간에 얻은 유명세는 구성원들의 마음을 들뜨게 만들었다.

처음 불화의 불씨는 별것이 아니었다. 우리 가족만 죽도록 일하는 것은 아닌가? 아무개는 슬슬 놀아가며 하는데 나만 바보처럼 일하는 것은 아닐까? 하는 등의 작은 불만과 의심이 그 시작이었다.

그러는 와중에 서 대표는 상 받으러 다니느라 쉴 날이 없었다. 일은 우리가 죽도록 하는데 방송·신문에 나오는 건 서 대표뿐이라고 농장 사람들은 수군거리기 시작했다. 이뿐 만이 아니었다. 상금을 타면 그때만 해도 시상기관이나 실무자에게 선물이나 현금봉투로 감사인사를 하는 게 관행이었다. 서 대표는 교통비, 잡비, 인사치레 비용을 상금에서 쓸 수밖에 없었다. 그런데 농장 구성원들은 상도 대표가 받고, 얼굴도 대표만 내고, 돈도 대표만 쓰고, 일도 안 한다고 입을 모아 불만은 토로했다. 그 중 몇몇 사람은 누구를 위해서 힘들게 일하느냐며 노골적으로 불평하고 선동하기 시작했다.

한 달 두 달 드디어 3개월이 되면서 모두 손을 놓고 일을 하지 않았다. 서 대표가 직접 나서 설득도 하고 사정도 하고 고백도 했지만, 구성원들은 들은 체도 하지 않았다. 조직은 와해되고 임원들은 지도력을 잃었다. 3년이 채 되기 전에 협업농장은 해산되었고, 구성원들 간의 갈등은 이미 봉합할 수 없는 지경에 이르렀다.

열심히 함께 일해서 단기간에 잘 살아보자던 소박한 꿈은, 이해가 부족한 구성원들 앞에 힘없이 무너졌다. 그 시절 이런 실패는 비단 이 마을뿐이 아니었다.

지도자에 대한 믿음과 구성원에 대한 진솔한 설득과정 부족으로 인해 발생한 이런 자멸 사례는, 다양한 욕망이 함께 공존하는 현대사회를 사는 우리들에게 시사하는 바가 크다.

6 옆으로 선 묘비(墓碑)

제주도를 흔히 삼다(三多) 삼무(三無)의 섬이라고 한다. 세상에 알려지다시피 삼다(三多)는 돌 많고[石多], 바람 많고[風多], 여자 많다[女多]는 것을 의미하고, 삼무(三無)는 도둑 없고[盜無], 거지 없고[乞無], 대문 없다[大門無]는 것을 의미한다.

삼다가 유달리 험난하던 제주인의 환경을 집약하고 있다면, 삼무는 갖은 고난에 대처하고 이를 극복한 제주인의 강인한 의지가 성취한 표상이다.

이렇듯 제주도는 외떨어져 있는 섬이라 육지와 다른 풍습들이 많다. 그 중 나의 시선을 사로잡은 것은 바로 비석이다. 이상하게도 묘 앞에 세워져 있는 비석들이 모두 옆으로 서 있는 게 아닌가. 나는 제주의 삼다(三多) 중 하나인 바람 때문에 그리 세웠나 하는 추측도 해보았다. 이렇듯 그 옆으로 서 있는 묘비에 대한 해석은 몇 가지로 엇갈린다.

조선시대 제주도는 한양에서 높은 벼슬에 있던 관리들이 귀양 가는 곳이었다. 귀양살이 하던 사람들은 임금께서 다시 부를 날을 기다리기도 했고 진심으로 사죄하며 세월을 보내기도 했다.

그러다가 귀양 온 사람이 죽으면 살아서 임금 있는 한양을 향하던 그 마음을 헤아려서, 비석을 옆으로 세워줬다는 얘기가 전해 오고 있다. 그렇듯 제주도는 충절을 지킨 선비들의 정신이 그대로 이어져 온 곳이다. 그래서인지 삼무(三無) 중 하나로 자랑하는 도둑이 없는 이유가 여기에 있다고도 한다.

제주에는 어느 집안을 가릴 것 없이 탐라의 후예이거나 지조를 지키다가 유배되어 온 뼈대 높은 선비들을 조상으로 모시고 있어서 명예심을 중히 여긴다고 한다. 그래서 도둑질과 같은 나쁜 짓이나 수치스러운 짓은 아예 하지 않았다고 한다.

그렇다면 귀양 온 선비들의 묘비는 그렇다 치고 귀양 온 사람이 아닌데도 비석을 옆으로 세운 이유는 뭘까? 그건 아마도 살아서 육지인 고향을 그리워하며 살았기에 후손들이 그 소원을 풀어 주기 위해서 그리했던 것이 아닐까 생각된다.

그 외에 제주도 토박이의 묘비가 옆으로 서 있는 이유는 오래 전부터 그렇게 전통적으로 해왔기에 별다른 생각 없이 따라서 한 것이라고 한다.

무덤에 묻혀 있는 고인은 그 사연을 말하지 않고 있으니 우리는 묘비를 보고 추측하여 해석할 수밖에 없다.

곰곰이 생각해 보니 제주도 사람들이 육지 사람들보다 생각이 앞선 것 같다. 묘비를 정면으로 세우면 앞면만 볼 수 있고 뒷면은 볼 수 없는데, 옆으로 세우면 지나가면서 앞뒤를 다 볼 수 있으니 말이다.

그렇다. 꿈은 해몽을 잘해야 한다. 나쁜 꿈도 해몽을 잘하면 좋은 꿈이 된다. 마치 돌, 바람, 여자가 많던 척박한 자연환경을 개척하여, 아름다운 자연, 민속, 토착산업이라는 세 가지 보물(三寶)로 발전시킨 제주도민들의 긍정적인 사고처럼.

7 귀신도 속는 제주도의 이장(移葬) 풍속

제주도에는 묘를 옮기면서 행하는 독특한 풍습이 있다. 옛날부터 전해 오는 말에 의하면 제주도에는 1,800개의 귀신이 산다고 한다. 사람이 죽어 묘를 쓰면 일단 이 귀신들의 부하가 된단다. 그런데 묘를 옮기면 부하를 하나 잃게 된 귀신은 백방으로 그 부하를 찾아나선다고 한다.

그래서 이 귀신에게 붙잡히면 옮겨 간 혼이 괴롭힘을 당할까 두려워서, 후손들은 3일간 무사하도록 다음과 같은 비방(秘方)을 한다.

첫날은, 이장한 자리에 계란 3개를 묻는다.

계란을 묻는 이유는 귀신이 위와 아래를 구분할 수 없게 하는 것이며, 단단한 껍질은 귀신이 아무리 물어보고 찾아도 묵묵부답하라는 의미다.

둘째 날은, 이장한 자리에 솥뚜껑을 묻는다.

솥뚜껑은 쇠라서 귀신이 아무리 두드리고 쭈그려도 깨지거나 망가지지 않으니까 혼이 이사 간 곳을 알 수 없게 된다.

셋째 날은, 이장한 자리에 버드나무를 꽂아 논다.

버드나무는 바람 부는 대로 흔들려서 귀신이 따져 물어본들 수시로 방향이 바뀌니 혼란스러워 이사 간 혼을 찾아낼 수 없게 된다.

귀신들과의 싸움에서 이긴 옛 조상들의 지혜와 재치가 아주 흥미롭다. 그런데 만약, 오늘날의 귀신들이 컴퓨터에 주민등록 번호를 입력해 놓고 찾아다닌다면 우리는 어떻게 해야 할까? 아예 전원이 자동으로 꺼지는 그런 비방(秘方)을 해야 할까? 새삼 조상들의 슬기를 벤치마킹하고 싶어진다.

Part 1

詩에 담아 본
소중한 것들

나는 촌놈이다

촌놈은

뱃심이 두둑해서 좋고

머리가 냉철해서 좋고

가슴이 뜨거워서 좋고

나누며 함께해서 좋다.

촌놈은

순수해서 좋고

정직해서 좋고

성실해서 좋고

용기있어 좋다.

촌놈은

예절이 바르니 좋고

낮추는 겸손이 좋고

뚜렷한 소신이 좋고

올곧은 심성이 좋다.

촌놈은

상대를 존중해서 좋고

남을 탓하지 않아 좋고

은혜를 알아서 좋고

한결 같은 노력이 좋다.

촌놈은

긍정적인 생각이 좋고

크고 넓게 멀리 보아 좋고

원칙과 합리 존중이 좋고

대의와 공익우선이 좋다.

촌놈은

뜻이 서면 정면 도전해서 좋고

시작하면 끝장내서 좋고

겉으로 지고 속으로 이겨서 좋고

인생을 밑지고 살 줄 알아 좋다.

촌놈은

깊은 자기성찰이 좋고

이해와 협력이 좋고

오래 참을 줄 알아 좋고

말과 행동이 일치되어 좋다.

촌놈은

돌 하나 나무 한그루 풀 한포기

있는 그대로를 좋아한다.

착하고 솔직한 사람

인간본성 그대로를 좋아한다.

그리운 어머니

자그마한 키
반듯한 얼굴에 깃든
단아하고 청초한 그 모습이
꽃송이처럼 화사하여,
잔잔한 미소 머금을 때마다
고운 심성 묻어나던
그리운 내 어머니.

소담스런 웃음에
정겨운 말씨 담아
행여 가난앓이 할까 봐서
내 마음 토닥토닥 어루만져 주시던
쑥부쟁이 꽃말을 닮은
그리운 내 어머니.

한없는 사랑 주시고도
늘 미안하다 하시던 당신의
그 애틋한 사랑 차츰차츰 알아가는 나이가 되니
못난 그리움 하나 눈물방울로 맺히네요.

연약한 여자의 몸으로 태어나
세상 모든 사람들 마음의 고향이 되고
세상 모든 자식들에겐
한없이 그리운 이름이 되어 버린
어머니.

능암이 좋아!

매봉 코앞에 국수봉
보이는 건 푸르름뿐
풋풋한 흙냄새에
거울 같은 시냇물
가슴속까지 시원한 공기 마시며
엄마 젖 빨고 있는 송아지
쫄랑 쫄랑 반기는 강아지

논밭 갈아 씨 뿌리고
땀 흘려 가꾸니
뿌린 대로 거두는 것이
인간사 운명인가

기쁠 때 함께 웃고
슬플 때 함께 울고
거짓 없이 욕심 없이
인정을 주고받으며
더불어 살아가는 마을
두메산골 내 고향
능암이 좋아!

나 돌아가리라

정든 고향 떠나온 지 오십 년 세월
타관땅 돌고 도는 떠돌이 신세
지난날 엄마사랑 그리워 그리워서
나 돌아가리라, 돌아가리라
내 고향, 내 고향으로

정든 산천 떠나온 지 오십 년 세월
낯선 땅 헤매이는 나그네 신세
지난날 아빠사랑 그리워 그리워서
나 돌아가리라, 돌아가리라
내 고향, 내 고향으로

정든 사람 떠나온 지 오십 년 세월
덧없는 타향살이 청춘만 갔네
지난날 소꿉친구 그리워 그리워서
나 돌아가리라, 돌아가리라
내 고향 내 고향으로

마음의 고향

깊은 산속 인적 없는 외로운 암자(庵子)
스님은 간데없고 부처님 홀로
풍경은 졸고 있고 산새도 잠든
스치는 바람결에 잎새들 합창
산골짝 흐르는 물 장단을 친다

오솔길을 따라가다 막다른 길목
발자국 흔적 없고 무성한 잡초
산토끼 졸고 있고 산천도 잠든
사르르 바람타고 싱그런 냄새
자연은 절로 인생도 절로

산등성이 주인 없는 초라한 산사(山寺)
찢어진 문풍지는 바람에 떨고
거미줄 오락가락 그물을 쳤네
달빛이 젖어드는 초저녁 뜰엔
곱게도 피었구나 백일홍 하나

백록동(白鹿洞) 참농사꾼 이철희 씨

하얀 사슴 뛰놀던 전설이
주저리주저리 열린
두메나 산골 백록동.

말 수 적은 사내 하나
검게 탄 얼굴 주름 사이로
넉넉한 미소 그리고 있네.
허름한 옷차림에 텁수룩한 수염이면 어떠리
꾸덕살 된 투박한 손으로
우리 농업 지키는
참 농사꾼, 이철희 씨.

산골짜기 흩어진 밭뙈기, 다락논
기계도 시설도 없이
철따라 거름 내고 논밭 갈고
씨 뿌리고 김매고 거두고
새벽부터 저녁까지
부지런한 농사꾼, 이철희 씨.

병들고 해충 생겨도 농약 아니 쓰고
생육 늦어도 화학비료 아니 쓰고
잡초 무성해도 제초제 아니 쓰고
유기질 거름 생물약제만 쓰니
비웃고 손가락질하는 사람 많지만
"땅 죽으면 사람도 죽어"
유기농업 고집하는
양심 농사꾼, 이철희 씨.

가뭄이나 장마에도
흉년이나 풍년에도
소득이 적든 많든
하늘 뜻이려니
자연의 섭리려니
한탄도 원망도 없이
농사를 천직으로 묵묵히 살아가는
자랑스러운 농사꾼, 이철희 씨.

자연의 순환

얼음 녹는 소리 봄이 온다
피어나는 아름다운 꽃
날아드는 나비와 벌

불볕 태양 여름이 온다
산천 가득 푸르름
하루 다르게 커 가는 열매

산들바람 가을이 온다
오색단풍 황금물결
거두는 넉넉함 넘치는 미소

흰 눈 펑펑 겨울이 온다
앙상한 가지 몰아치는 칼바람
눈보라 속 봄 기다리는 꽃눈

숲속 음악회, 가 보셨나요?

여보게! 여길 어떻게 왔소?
엊그제 장마비가 초청장을 가져왔더이다
'오늘 알프스 휴양림에서 음악회가 열린다'고.

무더위도 아랑곳 않고
땀 흘리며 열심히 살아온
착하디 착한 보은 사람들
지친 몸과 마음을 달래 주기 위해서라니
이 아니 고마운가?

바람이 소올솔 한 곡을 부르니
더위가 슬그머니 꽁지를 내리고
새들이 목청 높여 또 한 곡을 부르니
나무, 풀들이 비틀고 흔들며 춤을 추는구려.

쪼올 쫄 골짜기 흐르는 물이 내 생전 처음이야
아이 좋아라! 박자 맞춰 손뼉을 치고
산돼지, 고라니, 산토끼, 숲속 식구들이 합창을 하니
산천이 떠나갈 듯 애앵콜 애앵콜 환호를 하네.

누군가 옛날 옛적부터 말해 왔지
'하룻밤을 함께하면 만리장성을 쌓는다'고
그래 맞아, 너와 나 우리는
가을 문턱 하룻밤 동안
풋풋한 자연냄새에 함께 취했었지
아름다운 선율에 함께 감동했었지.

누가 뭐라해도 어차피 너와 나는
하늘의 뜻 따라서 살아가고 있는
수줍음 많고 순수한
보은 사람이 아니던가?

티끌만한 은혜도
태산으로 알고 살아가는
참 인간다운 삶을 사는
보은인이 정말 아니던가?

여보게! 보은의 오케스트라가 참 좋지 않던가?
누구 하나 홀로 욕심 내지 않고 힘을 합하니
그 하모니가 정말 아름답지 않던가?

보은은 그렇다네!

하나가 모여 둘이 되고

둘이 모여 거대한 오케스트라가 되는

그런 풍요로운 희망의 땅이라네.

그러니 어찌 이 보은을 사랑하지 않을 수 있겠는가.

보은대교 위에 앉은 매미의 꿈

길고 긴 세월 동안
숱한 애환 가슴에 묻고
보은의 심장 한가운데로 흐르는 보청천.

그 위를 가로질러
동과 서를 연결하는 보은대교.

사람도 건너가고
빨갛게 영근 대추도 건너가고
돌아오는 길 사랑을 가득 싣고
인정도 건너온다.

밤마다 양 날개 오색실로 수를 놓고
대교 위에 찰싹 붙어 있는 매미 한 마리
보은의 변화 · 약동 · 발전을 힘차게 노래하네.

날아올라라, 보은의 희망찬 미래여!
노래하라, 보은의 맑고 푸른 산하여!

4 · 19 학생혁명 47주년을 맞으며

막걸리 검정고무신 선물공세
전기 가설, 도로 개설, 선심공약
선량한 유권자 회유, 협박
3인조 5인조 공개투표
부정의 극치 3 · 15 정, 부통령 선거.

어른들, 입 다물고 한숨 쉴 때
교문 박차고 뛰쳐나온 학생들
"부정선거는 무효다, 독재정권 물러가라."
천지를 진동시킨 함성
정의의 깃발 높이 든 4월 19일.

경찰폭력진압 굴하지 아니했건만
대통령 하야요구 경무대 앞 총탄에 쓰러져
피어나지 못한 채 떨어진 꽃 185송이
수유리 국립묘지 잠든 지 47년
민주제단 바친 님들 희생, 다시 새로워.

인 생

먹구름
천둥 번개
퍼붓는 장대비
하늘 무너질 것 같았다.

소나기 그치고
찬란한 햇빛
쌍무지개 뜨면
희망에 부풀었다.

하지(夏至)날 길고 긴 낮
그날도 어둠은 왔고
동지(冬至)날 기나긴 밤
그날도 새벽은 왔다.

한탄, 체념
슬픔, 기쁨
한순간 오고 가는 걸
인생무상이라 했던가?

속리 연가(戀歌)

말티고개 열두 구비 돌고 돌아서
이제야 떠나왔오 이 풍진 세상
물결치는 자비의 성 푸른 바다여
속세 떠난 속리산 아아 속리산하

왔으면 잊어야지 모두 잊어라
얼룩진 인생살이 덧없는 세월
바람결에 들려오는 고독한 절규
풍경소리 법주사 아아 풍경소리

깊은 산속 숨어있는 작은 암자에
가는 길 험난하고 멀고도 멀다
세상인연 끊어야지 다짐하건만
무거워라 발걸음 아아 무거워라

대추골 처녀총각

대추골 보은땅에 봄날이 오면
아가씨 가슴은 설레인다오
대추꽃 필 때엔 미소 짓고요
대추가 풍년들면 시집간대요
아, 아~ 좋아라 시집간대요 시집간대요
시집간대요

대추골 보은땅에 여름이 오면
총각들 가슴도 설레인다오
대추알 익을 땐 춤을 추고요
대추가 풍년들면 장가간대요
아, 아~ 좋아라 장가간대요 장가간대요
장가간대요

대추골 보은땅에 가을이 오면
처녀총각 가슴은 설레인다오
대추알 붉을 땐 노래하고요
대추가 풍년들면 결혼한대요
아, 아~ 좋아라 결혼한대요 결혼한대요
결혼한대요

더하기의 마력

어두운 밤
한 사람이 등불을 켰다.
사방 1㎡가 밝아졌다.

어두운 밤
또 한 사람이 등불을 켰다.
사방 3㎡가 밝아졌다.

어두운 밤
또 한 사람이 등불을 켰다.
사방 9㎡가 밝아졌다.

어두운 밤
온 동네 사람들이 등불을 켰다.
온 천지가 밝아졌다.

담쟁이

속리산 깊은 산 속에
홀로 외로운 복천암
잠시 근심 내려놓을 해우소 옆에
열 길 절벽을 오르는
가느댕댕 여린 한 줄기 담쟁이.

뙤약볕에 달구어진 바위
뜨겁다 불평하지 아니하고
세찬 빗줄기 강한 바람
못 견디겠다 투덜대지 아니하고
눈보라 치면 잎 떨구고
죽은 듯 앙상하게 붙어 있다가
새봄 오면 눈 비비고 일어나
아무리 높아도 겁먹지 아니하네.

가끔 물 한 모금 마시고
이따금 쉬어갈망정
잡으면 절대 놓치지 아니하고
위만 바라보고 올라가는
끈질긴 담쟁이의 행진을 보게나.

속리산 단풍가요제

부처님 자비가 서려 있는 속리산 자락

어두움이 살포시 내리는 늦은 가을밤

숲속을 스쳐가는 소슬바람결에

한 잎 두 잎 떨어지는 단풍

땡그렁 땡그렁 이따금 들려오는 법주사 풍경소리가

내 가슴을 아리게 때리는구나!

중생들아 세월의 오고감을 탓하지 마라.

애태워도 허사로다.

부둥켜안고 눈물 흘려도 다 소용 없다.

어차피 세월은 흐른다.

우리네 인생도 흐른다.

일 년에 단 하룻밤

견우와 직녀가 오작교에서 만나듯이

너와 나 우리는

속리산 단풍을 노래하는 밤에 만난다.

오늘밤엘랑 속된 세상일 멀리 멀리 떠나보내고

찌들고 누더기 된 고달픔도 다 벗어던지고

마음속에 새겨진 아픔도 아쉬움도 모두 내려놓자.

목이 쉬도록 여한 없이 노래를 부르자

이 밤 지새고 나면

내일 아침 천왕봉에 태양이 솟으리라.

법주사

선묵 혜자 스님

소백산맥 한 허리
은혜 갚는 아름다운 땅 보은
속세 여의고 입산한 속리산에
1천 5백년 세월 발자취
미륵신앙의 법등 밝혔네.

열두 굽이 돌아올라 말티재 넘으면
정이품소나무 팔 벌려 인사하고
은구석 세워 불은에 보답하니
오리숲 나뭇잎, 아기 손 박수친다.

울창한 산림 둥글둥글한 암봉
구름 위로 솟아올라
한강, 금강, 낙동강 발원지 되고
맑은 호수와 깊은 계곡
야생화 지천으로 핀
호서의 알프스.

하루 종일 책 읽은 문장대
임경업 장군 신심수련한 입석대

백학과 백발노인 노닌 신선대

부처님 진리 머무는 법주사

속세를 잊고 자연 속에 깃들었다.

희견보살 법화경 소신공양 올리고

용화세계 33천에 미륵대불 나투니

고색정취 풍기는 목조탑의 백미

석가모니 팔상도 품에 안았구나.

석가세존 모신 대웅보전

관음보살 상주하는 원통전

연꽃 모양의 연못 석연지

미혹한 중생의 등불 쌍사자 석등

흥망성쇠 간직한 철 당간지주

1천 5백년 역사 간직한 지붕 없는 박물관.

민중의 희망 미륵장육상

경북궁 당백전에 녹아질 때

대웅전 앞 보리수 두 그루

금강역사 되어 호위하니

이 뭣고 다리 지나던 다람쥐
머리 조아리며 합장한다.

산 벚꽃, 철쭉, 흐드러지고
소나무 숲 사이로 여울 굽이치고
만산홍엽 단풍, 오색물결 이루고
하얀 물감 덮어쓴 기암괴석
묵 향기 그윽한 한 폭의 동양화.

총지선원에 앉아
'도는 사람을 멀리하지 않건만
사람은 도를 멀리하고
산은 세속을 떠나지 않건만
사람은 산을 떠나네'
시인 백호 임제의 시, 화두 들 때
탑돌이 하는 여인의 눈에는
이슬이 맺혔다.

Part

나의 정신적 뿌리,
나의 좌우명

1 가 훈(家訓)

증조부께서 말씀하신 후 가훈으로 내려오는 다섯 가지 가르침

1. 정직(正直)하라.
- 남을 속이는 것은 곧 자신을 속이는 것이다.
- 성별 연령에 관계없이 모든 사람들은 정직한 것을 좋아한다.
- 때문에 인생의 성공은 정직이 기본이다.

2. 금주(禁酒)하라.
- 술을 마시면 결국 과음하게 된다.
- 술 이기는 장사(壯士)없다. 남는 건 실수와 후회뿐이다.
- 술은 핑계의 친구가 되지 못한다.

3. 금연(禁煙)하라.
- 담배는 음식이 아니다. 건강을 해친다.
- 흡연(吸煙)은 아래 위를 모른다. 결례의 시작이다.
- 화재의 위험을 안고 산다.

4. 투전(投錢) 하지 마라.
- 남의 재물을 탐내는 것은 도적과 같다.
- 땀 흘리지 않고 쉽게 번 돈은 쉽게 나간다.

- 투기는 패가망신(敗家亡身)의 시작이다.

5. 이자(利子) 받지 마라.

- 푼돈에 눈이 어두우면 좀생이가 된다.

- 돈에 노예가 되면 체면을 잃는다.

- 돈만 알면 해야 할 일, 해서는 안 될 일을 구분 못하는 짐승이 된다.

2 나의 교훈 명언

● 영국의 명 수상 '처칠' 경

이 세상에 모든 일은 피와 눈물과 땀의 산물이다.

피를 흘려야 할 때 흘리지 않으면 남의 노예가 되고

눈물을 흘려야 할 때 흘리지 않으면 동물의 차원으로 떨어지고

땀을 흘려야 할 때 흘리지 않으면 빈곤의 수렁에 빠진다.

● 철의 여인 영국 수상 '대처'

생각을 조심하라 말이 된다.

말을 조심하라 행동이 된다.

행동을 조심하라 습관이 된다.

습관을 조심하라 성격이 된다.

성격을 조심하라 운명이 된다.

● 세계은행 총재 '김용'

목표(Purpose), 열정(Passion), 끈기(Persistence)

이 세 가지면 세상을 바꿀 수 있다.

이 가운데 끈기가 가장 어렵고 가치 있는 것이며

성공의 가장 큰 요소이다.

사람의 지능(IQ)은 평생 변하지 않지만 끈기는 노력에 따라

드라마틱하게 변한다.

3 오늘을 사는 10대 고승들의 말씀

1. 부산 범어사 주석 무비스님

● 행복은 자기의 분(分)을 알고 분에 충실하고 만족을 느끼는 데서 출발한다.

● 인연에 따라서 조작 없이 억지를 쓰지 않고 무리수를 쓰지 않고 자기 능력 이상을 바라보기 위해 되지 않는 것을 하지도 않고 살면 현명한 삶이다. 현명해야 행복하다. (수연부작 : 隨緣不作)

● 어디 있든 자기 있는 곳에서 주인이 되라.

● 자신은 무엇과도 바꿀 수 없는 아주 지고한 가치를 지닌 존재라는 것을 알아야 한다.

2. 김제 금산사 회주 월주스님

● 수행과 실천은 새의 양 날개와 같다.

● 자비의 실천만 앞세우고 수행을 등한시하면 맹목이 될 수 있고 수행으로 지혜를 얻었다 해도 중생들의 고통을 외면하면 머리와 가슴만 있고 발이 없어 움직이지 못하는 사람과 같다.

● 자비의 실천 없는 깨달음이나 지혜는 의미가 크지 못하다.

3. 서울 관음사 주석 동하스님

● 거짓 나를 버리고 참 나를 찾는 것이 깨달음이다.

● 사물을 보는데 두 가지 측면이 있다.

- 선천관물(先天觀物) : 꽃을 보고서 곱다면 그냥 보는 것.

  이것이 참 나를 참구(參究)하며 영원히 가는 길.

- 견물생심(見物生心) : 꽃을 꺾고 보는 것.

  지나친 탐욕으로 남의 생명을 해칠 수 있는 길.

4. 장생 백양사 방장 지종스님

- 직위가 없는 사람, 그가 참 사람이다.

- 대통령이 됐어도 '내가 국민을 잘 살게 해야 하는 일꾼'이라는 생
  각을 가져야 한다. 그래야 국민의 차고 더운 곳을 어루만질 줄 알
  고 권력 남용하지 않고 어려운 이들을 잘 보살피는 대통령이 될 수
  있다. 권력을 가졌어도 그 권력을 가졌다는 생각까지 놔 버려야 그
  것을 남용하지 않을 수 있다.

5. 보은 법주사 회주 혜정스님

- 우리 중생들은 탐내는 마음, 성내는 마음, 어리석은 마음 등 '삼독'
  을 지니고 있어 어떤 계기가 되면 즉각 반응한다. 각자가 불만 표
  출하는 방법이 다양한데 결과적으로 남에게 피해를 주게 되면 죄
  가 된다. 기도나 참선을 통해 삼독을 잠재우면 불만이나 복수심 같
  은 것은 사라지게 된다.

- 내 생각, 내 행동 하나가 상대방에게 조금이라도 피해를 주어서는
  안 된다는 생각, 자비와 보시의 마음을 다시 가다듬는 자세가 필요
  하다.

6. 남양주 봉선사 조실 월운스님

- 바람 따라 흘러가는 낙엽과 인생이 다른 것은 무엇이겠는가? 한 생각 놓지 않고 그 목적지를 찾아가면 수행자의 길이고, 그저 바람 따라 흘러가면 낙엽의 길이지. 자기의 깃대를 놓지 않고 가면 수행자의 길이 아닌가?

7. 양산 통도사 서축암 주석 초우스님

- 비단장수 하던 청년에게 가마솥 옮겨 거는 일을 시켜 놓고 옮겨 걸면 야단치고 트집 잡고 허물어 버리기를 아홉 번 반복했지만 청년은 불평 없이 묵묵히 시키는 대로 다시 하고 또 했다. (구정선사)

8. 경주 함월사 조실 우룡스님

- 나와 가장 가까이 있는 게 부처님. 아침저녁으로 가족에게 삼배하라. 그게 가장 진실한 예배다.
- 당장 부인이나 자녀들 앞에서 무릎을 꿇을 수 있는가? 잘 안 될 것이다. 왜 그럴까? '나'라는 고약한 마음 때문이다. 빛깔도 냄새도 없는 그 나 때문에 가장 가까운 내 가족에게는 무릎이 안 굽혀진다. 이 나가 죽어야 한다. 나를 죽이는 가장 쉬운 방법이 바로 나와 가장 가까운 가족에게 무릎을 굽히고 절을 하는 것이다. 나가 떨어져 나간 자리에 우리 가족이 들어서야 한다. 나를 낮추면서 주위의 모든 것을 순하게 풀어가라. 내 가족이 부처님이다.

9. 순천 송광사 천자암 조실 활안스님

- 우주에는 한계가 있지만 심성에는 한계가 없어 생각이 천지자연에 빛을 발하니 심성이 밝아야 한다.

10. 공주 학림사 오등선원 조실 대원스님

- 한쪽으로 치우치면 정신이 타락하고 사회도 혼탁해져 큰 다툼도 사소한 데서 시작… 나는 누구인가? 참구(參究)해야 한다. 나는 누구인가? 알아야 한다. 하루 30분이라도 참선을 하면 달라진다.
- 극한 상황에서 자신의 참모습을 볼 수 있다. 극한 상황이 본마음을 찾는 절호의 기회이다.

4 노후를 즐겁게 보내는 33가지 방법

1. 누워 있지 말고 끊임없이 움직여라, 움직이면 살고 누우면 죽는다.

2. 하루에 하나씩 즐거운 일을 만들어라, 하루가 즐거우면 평생이 즐겁다.

3. 마음에 안 들어도 웃으며 받아들여라, 이 세상 모두가 내 뜻대로 되는 건 아니다.

4. 자식에게 콩 놓아라, 팥 놓아라 하지 말라, 아무리 효자라도 간섭하면 싫어한다.

5. 젊은이들과 어울려라, 젊은 기분이 유입되면 활력이 생겨난다.

6. 한 번 한 소리는 두 번 이상 하지 말라, 말이 많으면 따돌림을 받는다.

7. 모여서 남을 헐뜯지 말라, 나이값 하는 어른만이 존경을 받는다.

8. 지혜 있게 처신하라, 선불리 행동하면 노망으로 오해 받는다.

9. 성질을 느긋하게 가져라, 조급한 사람이 언제나 먼저 간다.

10. 매일 목욕으로 몸을 깨끗이 하라, 그래야만 다른 사람이 피하지 않는다.

11. 돈이 재산이 아니라 사람이 재산이다, 돈 때문에 재산을 잃지 말라.

12. 술 담배를 줄여라, 내 나라 내가 지키듯 내 생명 내가 지킨다.

13. 좋은 책을 읽고 또 읽어라, 마음이 풍요해지고 치매가 예방된다.

14. 대우받으려고 하지 말라, 어제가 다르고 오늘이 다르다.

15. 먼저 모범을 보여라, 젊은이들이 본을 받는다.

16. 경로석에 앉지 말라, 서서 움직이면 그곳이 헬스클럽이다.

17. 주는 데 인색하지 말라, 되로 주면 말로 돌아온다.

18. 하루에 10분씩 웃어라, 수명이 연장되고 인자한 어른으로 기억된다.

19. 걱정은 단명의 주범이다, 걱정할 가치가 있는 일만 걱정하라.

20. 남의 잘못을 보며 괴로워하지 말라, 잘함만을 보며 기뻐하라.

21. 급할 때만 부처님 하나님 조상님 하지 말라, 미리부터 그분들과 거래하라.

22. 병을 두려워 말라, '일병장수', '무병단명'이라는 말이 있다.

23. 세상을 비관적으로 보지 말라, 이왕이면 다홍치마라고 밝은 눈으로 바라보라.

24. 집 치장비에만 신경 쓰지 말라, 자기 관리비도 신경을 써라.

25. 좋든 싫든 지난날은 무효다, 무효표에 집착하지 말라.

26. 누가 욕한다고 속상해 하지 말라, 죽은 사람은 욕먹지 않는다.

27. 고마웠던 기억만 간직하라, 괴로웠던 기억은 깨끗이 지워버려라.

28. 즐거운 마음으로 잠을 자라, 잠 속에서 축복이 열매를 맺는다.

29. 지혜로운 사람과 어울려라, 바보와 어울리면 어느새 바보가 된다.

30. 그날에 있었던 좋은 일만 기록하라, 그것이 행복노트다.

31. 작은 것도 크게 기뻐하라, 기쁠 일이 늘어난다.

32. 유서를 작성하고 다녀라, 그것은 자신의 고백서요, 삶의 계산서다.

33. 내가 가지고 떠날 것은 없다, 무엇을 남기고 갈 것인가를 생각하라.

Part

화 보

각종 행사 사진 외
국내외 자매결연 및 우호협력 체결현황

▶ 일　　시 : 2010. 11. 4 / 2012. 6. 4.

▶ 장　　소 : 보은공설운동장

▶ 협약 기관 : 보은군, 한국여자축구연맹

▶ 서　명　자 : 보은군수 정상혁, 한국여자축구연맹회장 오규상

▶ 주요 내용 : 2011 ~ 2014년 한국여자축구리그

　　　　　　 보은군 개최 협약

■ 보은장사씨름대회 협약식

▶ 일　　　시 : 2010. 12. 3. / 2013. 3. 4

▶ 장　　　소 : 보은군청 회의실

▶ 협약 기관 : 보은군, 대한씨름협회

▶ 서　명　자 : 보은군수 정상혁, 대한씨름협회장 최태정

▶ 주요 내용 : 2011 ~ 2014 보은장사씨름대회 보은군 개최 협약

▣ 추계 전국 중·고등학교 육상경기대회 겸
전국 초등학교 육상경기대회 협약식

▶ 일　　　시 : 2011. 5. 13 / 2012. 7. 13 / 2013. 2. 19.

▶ 장　　　소 : 보은군청 회의실

▶ 협약 기관 : 보은군, 한국중고육상경기연맹

▶ 서 명 자 : 보은군수 정상혁, 한국중고육상경기연맹회장 정한

▶ 주요 내용 : 2011 ~ 2014 추계 전국 중·고육상경기대회 겸

　　　　　　　전국 초등학교 육상경기대회 보은군 개최 협약

▣ 2012~2014 한국실업양궁연맹회장기
실내양궁대회 협약식

▶ 일   시 : 2011. 8. 26. / 2012. 3. 15

▶ 장   소 : 보은군청 회의실

▶ 협약 기관 : 보은군, 한국실업양궁연맹

▶ 서 명 자 : 보은군수 정상혁, 한국실업양궁연맹회장 신현종

▶ 주요 내용 : 2012년~2014년 한국실업양궁연맹회장기

　　　　　　실내양궁대회 보은군 개최 협약

■ 2011 회장기 전국초등학교태권도대회 협약식

▶ 일　　시 : 2011. 9. 14.

▶ 장　　소 : 보은군청 회의실

▶ 협약 기관 : 보은군, 한국초등학교태권도연맹

▶ 서 명 자 : 보은군수 정상혁,

　　　　　 한국초등학교태권도연맹회장 이현부

▶ 주요 내용 : 2011 회장기 전국초등학교태권도 대회

　　　　　 보은군 개최 협약

▣ 보은동부일반산업단지 착공식

▸ 일   시 : 2012. 5. 18.

▸ 장   소 : 보은군 장안면 불목리

　　　　　　(보은동부일반산업단지 현장일원)

▸ 주최/주관 : 한국농어촌공사

▸ 주요 내용 : 보은동부일반산업단지 조성사업 착공행사 개최

　　　　　　주요인사 격려사 및 축사

▣ 미국 LA글렌데일시와 우호협력 체결

▶ 일   시 : 2012. 8. 2.

▶ 장   소 : 미국 LA글렌데일시청

▶ 협약 기관 : 보은군, 미국 LA글렌데일시

▶ 서 명 자 : 보은군수 정상혁, LA글렌데일시장 프랭크 퀸테로

▶ 주요 내용 : 상호 호혜평등의 원칙에 의거 우호협력교류

　　　　　　상호간 사업, 문화, 예술, 스포츠, 교육 등

　　　　　　교류 확대

▣ 미국 글렌데일 커뮤니티 칼리지(G.C.C)와 MOU체결

▶ 일　　시 : 2012. 8. 1.

▶ 장　　소 : 미국 글렌데일 커뮤니티 칼리지(G.C.C)

▶ 협약 기관 : 보은군, 미국 글렌데일 커뮤니티 칼리지

▶ 서 명 자 : 보은군수 정상혁, GCC 대학교 학장 짐 릭스

▶ 주요 내용 : 보은군 고교 졸업생이 저렴한 학비로 GCC대학교
　　　　　　 진학 글렌데일 커뮤니티 칼리지를 졸업한 학생
　　　　　　 4년제 편입학 지원

▣ 미국 LA글렌데일시 로즈먼트중학교와 MOU체결

▸ 일　　시 : 2012. 8. 1.

▸ 장　　소 : 미국 LA글렌데일시 로즈먼트중학교

▸ 협약 기관 : 보은군, 미국 LA글렌데일시 로즈먼트중학교

▸ 서 명 자 : 보은군수 정상혁,

　　　　　　로즈먼트중학교 교장 신시아 리빙스톤

▸ 주요 내용 : 보은군 중학생 미국 연수시 로즈먼트중학교

　　　　　　정규수업 참여

　　　　　　상대국 문화체험을 위한 교류 실시 및 홈스테이 제공

▣ 병무청 공익근무요원 건립사업 실시협약

▶ 일   시 : 2012. 9. 20

▶ 장   소 : 보은군청 2층 소회의실

▶ 협약 기관 : 보은군, 병무청장 김일생

▶ 서 명 자 : 보은군수 정상혁, 병무청장

▶ 주요 내용 : 사업을 원활히 추진할 수 있도록 상호 협의

　　　　　　　보은군 지역 생산자재 및 장비 구매 · 사용

■ 울산광역시 남구 자매결연 체결

울산광역시 남구 - 충청북도 보은군
자매결연 협정 체결식
2012. 9. 25 울산광역시 남구 충청북도 보은군

▶ 일   시 : 2012. 9. 25

▶ 장   소 : 울산광역시 남구청

▶ 협약 기관 : 보은군, 울산광역시 남구

▶ 서 명 자 : 보은군수 정상혁, 울산광역시 남구청장 김두겸

▶ 주요 내용 : 상호신뢰의 정신을 바탕으로

　　　　　　　미래지향적 협조체계 구축 행정, 경제, 문화, 교육

　　　　　　　등 활발한 교류 추진

■ ㈜우진플라임 투자협약체결

▶ 일   시 : 2012. 10. 16.

▶ 장   소 : 보은군청

▶ 협약 기관 : 충청북도청, 보은군, ㈜우진플라임, 한국농어촌공사

▶ 서 명 자 : 충북도지사 이시종, 보은군수 정상혁,

    ㈜우진플라임 대표 김익환,

    한국농어촌공사 사장 박재순(代 배 부)

▶ 주요 내용 : ㈜우진플라임에서는 보은동부일반산업단지

    전체부지 투자 관련업체 1천억이상

    보은군 투자를 위한 클러스터조성 협력

    투자사업의 원활한 진행과 규모확충을 위해

    상호간 협력함

▶ 일　　시 : 2013. 1. 1. 08:00 ~ 12:00 / 8km 행진

▶ 장　　소 : 미국 LA패사디나시 일원

▶ 참　　여 : 미국 파바월드 전통무용마칭팀, 보은군 공동참여

▶ 관　　람 : 현지 시민 120만명 / 세계 25억명 TV중계 시청

▶ 주요내용 : 한국 동포 최초로 제124회 로즈퍼레이드에

　　　　　　참가한 PAVA팀

　　　　　　태극기 기수로 정상혁 군수 참여

▣ 보은군 - (주)우진플라임간 교육협력협약 체결

▶ 일   시 : 2013. 1. 9.

▶ 장   소 : 보은군청

▶ 서 명 자 : 보은군수 정상혁, ㈜우진플라임 대표이사 김익환

▶ 주요 내용 : 기술교육활성화와 전문인력양성 및

고용창출을 위한 협약

산업체 위탁교육 협력

군내 졸업생 취업연계 및 실업고교 기술교육 육성

기타 상호간 공동이익을 추구하는 분야의 노력

■ 미국 파바월드(환경보호단체)와 MOU체결

▶ 일   시 : 2013. 4. 1.

▶ 장   소 : 보은군청

▶ 협약 기관 : 보은군, 미국 파바월드(환경보호단체)

▶ 서 명 자 : 보은군수 정상혁, 미국 파바월드 회장 타이거 강

▶ 주요 내용 : 상호간의 이익과 발전을 위하여 우호적인 환경조성

　　　　　　　상호간 사업, 문화, 예술, 스포츠, 교육 등

　　　　　　　교류 확대

▣ 보은산업단지 조성공사 기공식

▶ 일   시 : 2013. 5. 27

▶ 장   소 : 보은산업단지 현장

▶ 주최/주관 : 충북개발공사, 시공사

▶ 주요 내용 : 보은산업단지 조성사업 기공식 개최

                        주요인사 격려사 및 축사

▣ 중국 흑룡강성 영안시와 우호협력 체결

▶ 일　　　시 : 2013. 8. 28

▶ 장　　　소 : 중국 흑룡강성 영안시

▶ 협약 기관 : 보은군, 중국 흑룡강성 영안시

▶ 서　명　자 : 보은군수 정상혁, 중국 흑룡강성 영안시장 쉬리런

▶ 주요 내용 : 상호평등의 원칙하에 우호협력 및 경제협력 도모

　　　　　　　 공무원, 청소년, 문화, 체육, 농업 등 교류 실시

▣ 인천광역시 동구 자매결연 체결

▶ 일　　　시 : 2013. 9. 9

▶ 장　　　소 : 인천광역시 동구청

▶ 협약 기관 : 보은군, 인천광역시 동구

▶ 서 명 자 : 보은군수 정상혁, 인천광역시 동구청장 조택상

▶ 주요 내용 : 상호신뢰의 정신을 바탕으로

　　　　　　미래지향적 협조체계 구축

　　　　　　행정, 경제, 문화, 교육 등 활발한 교류 추진

■ 우진테크노밸리 착공식

▶ 일   시 : 2013. 9. 13.

▶ 장   소 : 보은군 장안면 불목리

              (보은동부일반산업단지 현장일원)

▶ 주최/주관 : ㈜우진플라임

▶ 주요 내용 : 우진테크노밸리 착공행사 개최

              주요인사 격려사 및 축사

▣ 병무청 사회복무교육원 기공식

▶ 일   시 : 2013. 10. 31

▶ 장   소 : 장안면 서원리 현장

▶ 주최/주관 : 병무청

▶ 주요 내용 : 병무청 사회복무교육원 건립공사 기공식

　　　　　　주요인사 격려사 및 축사

▣ 미국 민주평통 LA협의회와 우호협력 체결

▶ 일   시 : 2014. 1. 14.

▶ 장   소 : 미국 LA민주평통 사무실

▶ 협약 기관 : 보은군, 미국 민주평통 LA협의회

▶ 서 명 자 : 보은군수 정상혁, 민주평통 LA협의회 회장 최재현

▶ 주요 내용 : 상호 호혜평등의 원칙에 의거 우호협력교류

　　　　　　　 보은군 중학생 미국 연수시 홈스테이 등 지원

　　　　　　　 상호간 사업, 문화, 예술, 스포츠, 교육 등 교류 확대

▣ 미국 LA US아주투어와 우호협력 MOU 체결

▶ 일　　시 : 2014. 1. 15.

▶ 장　　소 : 미국 LA US아주투어 사무실

▶ 협약 기관 : 보은군, 미국 LA US아주투어

▶ 서 명 자 : 보은군수 정상혁, US아주투어 회장 박평식

▶ 주요 내용 : 관광사업분야 협력 추진, 모국방문단 유치 합의

　　　　　　상호간 사업, 문화, 예술, 스포츠, 교육 등

　　　　　　교류 확대

▣ 정상혁 연보

- 성 명 : 정상혁(鄭相赫)
- 주 소 : 충북 보은군 보은읍 뱃들로 68-42, 801호 (황실아파트)
- e-mail : jungsh@korea.kr
- 생년월일 : 1941. 12. 25
- 취 미 : 시인(1998년), 수필가(2012년)
- 종 교 : 기독교
- 학 력
  - ▶ 회인초등학교 졸업
  - ▶ 청주사범병설중학교 졸업
  - ▶ 청주농업고등학교 졸업
  - ▶ 충북대학교 졸업
- 병 력 : 육군 만기 제대
- 주요경력
  - ▶ 충북 중원군 농촌지도소 산척지소
  - ▶ 충북 중원군청 내무과
  - ▶ 충청북도 농촌진흥원 지도국
  - ▶ 농촌진흥청(공보관실, 기술보급국, 기획관리실)
  - ▶ 환경부(계획조정국)
  - ▶ 천세산업(주) 상무이사
  - ▶ 천수산업(주) 부사장

▶ 보광산업(주) 대표이사, 사장

▶ 충북도립대학교 환경생명과학과 강사

▶ 충북도의회의원, 댐특위 위원장, 의정연구회장

▶ 농협중앙회 충북본부 자문위원

▶ (사) 충북지역개발회 운영위원회 위원

▶ 영동대학교 교양학부 강사(환경, 행정)

▶ (사) 충북 4.19혁명 기념사업회 부회장

▶ (사) 충청북도 4-H본부 부회장

▶ 전국농어촌지역군수협의회 부회장(현)

▶ 전국균형발전지방정부협의회 공동대표(현)

▶ 보은군수(현)

촌놈이 부르는 희망노래

제1판 1쇄 발행 / 2014년 3월 1일

지은이 / 정상혁

펴낸이 / 소준선

펴낸곳 / 도서출판 세시

출판등록 / 3-553호

주소 / 서울시 마포구 대흥동 303번지 2층

전화 / 02-715-0066

팩스 / 02-715-0033

ISBN / 978-89-98853-10-5